因孤独而相爱

杜拉斯传

凌小汐 ◎ 著

Marguerite Duras

北方联合出版传媒（集团）股份有限公司
万卷出版公司

ⓒ 凌小汐 2019

图书在版编目（CIP）数据

因孤独而相爱：杜拉斯传 / 凌小汐著．—沈阳：万卷出版公司，2019.5

ISBN 978-7-5470-5111-5

Ⅰ.①因… Ⅱ.①凌… Ⅲ.①传记文学－中国－当代 Ⅳ.①I25

中国版本图书馆CIP数据核字（2018）第293139号

出 品 人：	刘一秀
出版发行：	北方联合出版传媒（集团）股份有限公司
	万卷出版公司
	（地址：沈阳市和平区十一纬路25号　邮编：110003）
印 刷 者：	辽宁新华印务有限公司
经 销 者：	全国新华书店
幅面尺寸：	145mm×210mm
字　　数：	200千字
印　　张：	8
出版时间：	2019年5月第1版
印刷时间：	2019年5月第1次印刷
策划合作：	天逸传媒
责任编辑：	胡　利
责任校对：	高　辉
装帧设计：	范　娇
ISBN 978-7-5470-5111-5	
定　　价：	40.00元
联系电话：	024-23284090
传　　真：	024-23284448

常年法律顾问：李　福　版权所有　侵权必究　举报电话：024-23284090
如有印装质量问题，请与印刷厂联系。联系电话：024-31255233

序　言

罪恶、恐怖和疯狂！——哦，苍白的雏菊，
你我不都像秋季太阳已是迟暮？
哦，如此洁白而冷冷的玛格丽特！
　　　　　　——波德莱尔《恶之花·秋之十四行》

　　玛格丽特，在法语中，是一个与雏菊音义相同的词。玛格丽特·杜拉斯很喜欢自己的这个名字，就像喜欢波德莱尔的诗歌一样。

　　她曾说，波德莱尔是她最喜欢的诗人。他们都喜欢探索痛苦中的黑暗领域，喜欢在生命的黑洞中获取隐秘的恩泽，喜欢那些带有毁灭色彩的词：死亡、灰烬、疼痛、疲惫、虚无、眼泪、恐惧、血液……

恶之花，罪恶之花，痛苦之花，相传该花其色冷艳，其香浓远，其态诡俏，其格高幽，孤独地盛开在地狱边缘，美丽而沧桑，可迷惑众生。

"我是一朵花。我身体的各个部分都在阳光下爆裂，我的手指脱离了我的手掌，我的双腿脱离了我的肚子，直至我的发根，我的头颅。我感觉到初生时的疲惫，终于降临于世的骄傲的疲惫。"

名字是人生接受的第一种命运，其次则是地点。

玛格丽特·杜拉斯出生在越南。一个世纪前，在越南的嘉定区降临于世，带着殖民地永恒的疲惫，沐浴着暴烈的雨水与阳光，长大成人。从出生到十八岁，除几次短暂的旅程外，她都生活在那里。那里是她真正意义上的故土，一如她所说："我，我曾有过森林、雨水，有过我的出发点。我的根在越南的土地上。"

浑浊的湄公河，如创世纪的水源，生命内外，一切由此滋生。贫穷与绝望，占据了她的童年与青春，痛苦的记忆侵袭生命，并贯穿她日后的所有作品。"我的一生都在耻辱中度过。"应该说，她在越南所经历的耻辱感，跟随了她的一生，并成为不可驱逐的阴影。

在殖民地，玛格丽特·杜拉斯的身份很尴尬——她分明是白种人，地位却比不上一个有钱的本地人，尤其是父亲去世后，这种尴尬，更是无处不在。她曾被自己的同胞驱逐出贵族网球场；她曾目睹母亲被地籍管理员骗光全部积蓄，继而在苦难的折磨下带着整个家庭一步一步陷入疯狂；她曾在少女时代，穿着破旧的裙子，涂着鲜艳的口红，在轮渡上遇见第一个情人……

如此，在后来的写作中，回忆便成了她的线索、道路，一遍一遍带她重返那片茫茫泽国。一切的故事，都是从那个源头而来。摇摇欲坠的吊灯，不断倾泻在棕榈树上的雨水，酷热的凝重的金属一般的时间，软糯而黏稠的越南话，幽深的热带森林，黑豹与爬虫出没的沙滩，被太平洋冲毁的堤坝……以及，爱。

写作与爱情是玛格丽特·杜拉斯生命中最为重要的两件事情。

爱情有无限可能，却始终不能成为生命中最大的自由。于是她用文本重新构造世界，构造无数的生命。她把故事写在纸上，写在图像上，写在声音里……写，不停地写，与酒精一起，与情欲一起，只有写作，才能让内心的暴力找到宣泄的缺口。

她的爱是一曲绵长的挽歌，带着无尽的庄严与哀荣。从十五岁半遇见中国情人开始，她就在用一种特别的方式，索取爱，像暴烈地填补某种饥饿一样。

"迷恋是一种吞食。"她说。在她的世界里，迷恋带着饥饿的色泽，是一个女性而孤独的词。她将这个词从身体抽离，并一寸一寸嵌入内心，与欲望融为一体。

即便是到了迟暮之年，她与小情人扬·安德烈亚在一起，那种索取欲，也依旧猛烈异常。写作，恋爱，只争朝夕。她飞扬跋扈，喜怒无常，专横得像一个女王，却又孱弱孤苦，深情柔软，像一个老小孩。

扬说:"她太可爱了,我只能产生拥抱她或杀死她的念头。她呼唤这种暴力,逼我发火。她笑道:'是的,我是恶魔。'"

对于爱情,她说:

"我爱你,我杀了你;我爱你,我离开你。"

"爱之于我,不是肌肤之亲,不是一蔬一饭,它是一种不死的欲望,是疲惫生活中的英雄梦想。"

"爱到深处是孤独。"

对于写作,她叫嚣着:

"如果不写作,我就要屠杀全世界。"

"作家令人难以忍受,他杀人,作恶。"

"写作,也是对鲜肉、屠杀、消耗力量的渴望。很盲目。"

"作家,就是殡仪员,每天记录着死亡。"

对于世界,她更是时时刻刻都张开着弓矢,笔下的文字,冷寂凄迷,却杀气腾腾。她善于布阵,善于利用文本的沼泽,引诱读者深陷其中。然而,她也从不掩饰自己的缺陷,一个句子,一个故事,她讲了无数遍,依然喋喋不休。她把写作,当成了命运的对抗,并将其置于无上的位置,她坐拥文字王国,自信能够摧毁一切,包括自己,用来源于内心的欲望、野性、痛苦,以及原始暴力。

有评论说:"杜拉斯作为一个女人,你可以爱她,也可以恨她。而作为一个作家,她的艺术魅力则无可抵挡,是不朽的。"

生命终将逝去,就像一朵花,终将在自己的芬芳中一片一片枯萎凋零，但花的香息将长存于记忆，生命的欲望与梦想，也将永垂不朽。

　　玛格丽特·杜拉斯，那个已经在墓穴中冰冷的名字，那个曾说着"十八岁，我已经老了"的女人，那个常年生活在孤独与暴力之中的作家，她的作品来源于记忆与幻想，却远比生活更温热，更接近真实。

　　而她不知道，她的人生，其实是她最为传奇的作品。

　　所以，我迷恋她。

凌小汐

目录

第一章 不会结束的童年

我出生在亚洲的河边 002

云南：甜的、涩的、野性的 009

从河内宅院到金边庄园 015

帕尔达朗的内内 023

百鸟平原 030

亲切的小哥哥 036

抵挡太平洋的堤坝 040

第二章 毁灭吧，她说

西贡市国立中学的少女 050

女人的美，是一种奥秘 060

莱奥，莱奥 066

肌肤有一种五色缤纷的温馨 072

吻在身体上，催人泪下 077

我们不能停止相爱 086

将来是什么？将来就是分开　095

他将至死爱着她　103

第三章　迷恋是一种吞食

十八岁，我已经老了　112

我有一个情人　120

未来信件：请给我谈爱情　127

战火纷飞的年代　134

死亡也能施洗礼　140

我的生活是一片沼泽　147

肮脏的人，我的母亲，我的爱　154

用身体参与写作　162

第四章　她以孤独打败时间

电影岁月：另一种爱情　172

1980年夏：最后的情人来临　180

为了创作您，我要先毁掉您　189

爱你，爱我，爱得更热烈　196

爱你备受摧残的面容　206

一生中黑暗的悲伤　214

在坟墓里，我永远十五岁　222

附　录　这就是一切

　　杜拉斯经典语录　233

　　杜拉斯相关评论　238

　　杜拉斯创作年表　239

　　参考资料　243

第一章

不会结束的童年

你去哪儿?
——去童年的井边,这条路就是死亡。

我出生在亚洲的河边

"我出生在亚洲的河边……"

那条河叫湄公河。一条发源于中国的河流。河流日夜无息地流淌着，浑浊而深沉地流淌着，像永不疲倦的回忆，见证着故事里的成长与爱，隐秘与悲伤。

在她的记忆里，湄公河承载着生命的无尽深意。在西贡市，它穿过无边的稻田，低矮的民居，茂密的热带丛林，就像命定的掌纹穿过手心，隐秘而湿润的气息沿途扩散，粘连着殖民地的炎热与颓靡，一直延伸至寂寞的天际。河水悠悠，摆渡的客船散落两岸，广袤的天空中，升腾着大片舒卷的云朵。戴着尖顶圆帽的越南女人们挑着担子走过沙滩，她们被阳光过度侵袭的脸上，写满了世事的疲惫。

湄公河畔。越南，西贡市西北，嘉定区。时间倏忽百年。1914年4月4日，新生命在一个雨水丰盛的春夜诞生。雨水打在高大的棕榈树上，发出清脆的噼啪声响。在昏黄的灯光下，雨水随着与杂乱的人声一齐流入汹涌的河中。生命附着于水，附着于天地之间的温柔与暴烈,在河畔的老屋中神秘地落籽。沧浪之上,没有神灵端坐云端拈花微笑,一生如初始,她是自己的神祇。

所有的故事都与河流有关。"我出生在亚洲的河边……"垂垂暮年时,她沧桑的声线掠过情人英俊的脸庞,回忆的河水哗哗倒流过身体,岁月如繁花一朵一朵渐次败去,探照几十年心念的,依然是那一把生年的光。

那是她的创作之源。以至于她一生创作的所有作品,都带有那条河流的气息——潮湿的梦境,破碎的梦呓,流淌的颓唐,浑浊,不安,炎热,孤独与欲望缠枝丛生。

她不断用文字打捞着此生的记忆,仿佛一个刻舟求剑的人,念念不忘,孜孜不倦,直至消亡于书中,消亡于某一个幻美而虚无的章节。

彼时,她还是玛格丽特·多纳迪厄。她冠着父亲的姓氏出生,成为家庭里的第三个孩子。

她的父亲亨利·多纳迪厄与母亲玛丽·勒格朗都是纯正的法国人,他们先后从自己的家乡来到西贡市,从事教育工作。

她的母亲玛丽原是法国北部老资格的小学教师。在家乡时,她已经结婚了。对方名叫弗拉维安,也是一名小学教师。结婚后不久,这对夫妻就来到了殖民地。

对于母亲来越南的初衷,玛格丽特在自己的书中写道:"受到了宣传广告和皮埃尔·洛蒂的书的诱惑,怀着探险之心,急不可耐地来到了殖民地。"她用她一贯的冷寂口吻,仿佛是在叙述一个与自己无关的故事:"某些周日,她站在村政府殖民地宣传广告前,浮想联翩:年轻人,到殖民地去吧,那里的财富等着你。一棵果实累累的香蕉树下,一对殖民者夫妇穿着白衣服,躺在靠椅上优哉游哉,而当地人则围在他们身旁忙碌。"

财富,探索,未知之处,东方秘境的所在。是介入,是冒险,也是渴望,是梦想。法国征服了越南后,便有大量的法国人涌入殖民地,他们来自不同的地方,做着不同的工作,但都是怀着相同的目的,即在殖民地的土地上,实现自己的理想。加之,是时法国正经历第二次工业革命,动荡的社会环境下,殖民地的神秘与便利更令一些渴望机遇的年轻人向往。而且,教育事业在整个殖民计划中,更是显得任重道远。

法国刊物《画报》描述:"西贡市是远东最时髦的城市,坐落在一个美丽的公园中间。可惜那里的气候闷热又潮湿,夜晚如白昼……"

夜色被璀璨的灯火照亮,茉莉花的香气浮动在光影声色中,有一种无法割舍的颓唐与梦幻。湿热的西贡市,沼泽之上的新兴城市,作为法国的殖民地,已经深深烙上了征服者的印记。

文化,风土,人情,皆是如此。底层人民的穷苦与上层社会的奢靡形成强烈的对比,在那一方土地上,沉淀成不可剔除的骨子里的酸楚欲望。伤感的情调弥漫在黏稠的空气中,密集的花香隔着远处的丛林与河流,兀自发酵成独特的野性气息。让人费解,又让人沉迷。

玛丽来自法国北方一个叫弗吕热的小城，是农民的女儿，自小成绩优异，虽然家境贫寒，但她还是把书念到了师范毕业，并成为一名小学教师。1905年，结婚后不久，玛丽就随同第一任丈夫来到了越南，从此开始了越南的教学生涯，也开启了自己在殖民地的悲欢人生。

或许是因为年少时对知识的强烈渴望，以及读书机会的来之不易，成为教师后的玛丽对工作一直怀有信仰一般的热忱。那种热忱，从某种程度上来说，更是超越了表面的亲情。所以，一向对母亲保持冷淡态度的玛格丽特，谈及母亲的工作，笔尖也呈现出了少有的温暖色泽——声称自己的母亲对教学工作非常认真，作为小学教师的她，与其他教师一起兢兢业业地传播着法兰西文化，她宽容大度，有爱心，甚至无法忍受某个孩子因为贫穷而无法上学。末了，玛格丽特又写道："大家都很喜欢她。"

而事实上，玛丽并不是那么讨人喜欢。玛丽与第一任丈夫弗拉维安来越南定居后，不久便认识了时为嘉定师范学校校长，也是弗拉维安上司的亨利·多纳迪厄，即玛格丽特的亲生父亲。

亨利的原配夫人爱丽丝来到越南后即染病在身，随着时间的推移，病越来越重，数月后便到了不能下床的地步。而就在那个时候，玛丽与亨利来往密切，引得周围流言纷纷。就连一向好人缘的亨利，也被同事冷落，背负了不少道德的谴责。后来，两人的伴侣相继去世，传闻便越来越烈，甚至还引起了匿名信揭发事件，信上说两人的伴侣离世是有人刻意为之……一时沸沸扬扬。

当然，经过查证，在法律上，他们不必负任何责任，但在道义上，他们的结合始终让人无法释怀。

1907年，结婚仅两年的弗拉维安就因感染疟疾去世。1909年10月，丧偶将近半年的亨利很自然地与玛丽走到了一起，重新组建了家庭，称之为"两颗孤独灵魂的相遇"。结婚后的第二年，长子皮埃尔出生，第三年，次子保尔也来到了人间。

对于这两个兄长，玛格丽特有着截然不同的感情，爱与恨的极端。她毫不掩饰地声称讨厌自己的大哥皮埃尔，痛恨他，恨不得让他去死。皮埃尔性情暴戾，依仗着母亲的宠爱，在家中霸道得肆无忌惮。二哥保尔则脾气温和，对妹妹爱护有加。保尔经常受皮埃尔的欺负，却懦弱得不敢声张。从懂事起，玛格丽特就对保尔疼惜不已。放眼一生，她爱过很多男人，也有过无数的情人，但如果非要加一个"最"字，那么，她最爱的人，一定是二哥保尔。她对他的爱，忧伤沉郁，凝重恒久，逾越了血缘，直抵灵魂深处。

玛格丽特出生后不久，她的父亲亨利就因生病不得不回法国疗养。当时殖民地的痢疾和疟疾非常猖獗，许多初来乍到的法国人都感染过。亨利也不例外。相对而言，法国的医疗条件要好得多，在玛格丽特的整个童年时期，与父亲相伴的时光都寥寥可数——因为先后患有各种病症，亨利的那些年，都是在越南与法国的往返之间度过的。

在玛格丽特牙牙学语之时，她也随着家人回了一趟法国。一年多后，亨利病情有所好转，一家人才重返越南。在那里——湄公河畔,玛格丽特走进了她无法遗忘的童年。

据说,一个人在三岁之前,是没有记忆的。即便是有,也非常稀薄。玛格丽特如果记得,那一定是耳边蛙鸣一样的越南话,头顶昏黄的防风灯,三叶风扇搅动着河流的咸湿气息,父亲英俊又冷郁的病容,母亲弹奏的钢琴曲,一支又一支,讲述着一个尚未到来的故事……

三岁之后,玛格丽特的照片开始多了起来。记忆被相机定格,时间静止。那是一张拍摄于宗主中学校园的照片,时间大约为1918年夏天。是时,父亲病情已经好转,被提升为河内宗主中学的校长,全家也搬进了总督府居住——总督府是殖民权力机构的最高象征,建立在古城堡的遗址之上,是一幢具有文艺复兴风格的大宅,即便陈旧也难掩曾经的精致华丽。

照片上,亨利穿着优雅的白色礼服,正是他的医疗卡上所描述的样子:"浅栗色的头发,栗色的眼睛,开阔的前额……"玛丽也还年轻,穿着法兰西的大裙子,端庄地坐在丈夫身旁。两个哥哥分别站在父母两侧,他们穿着水手式样的热带版礼服,脚上是象征贵族阶层的漆面高筒系带皮靴,露出光洁的腿部。最小的是玛格丽特,她头上戴着大大的蝴蝶结,穿着白色的小裙子,像一个小公主。她依偎在父亲身前,享受着父爱,没有隔阂,也没有伤害。

生活的平静和美,就那般凝固在照片上,短暂,却永恒。这张照片,被玛格丽特放在自己的写字台上,一直到老。也是她与父亲为数不多的合影之一。它见证了多纳迪厄一家最辉煌的时期，也保留了在她文字中无法找寻的父爱痕迹，连同她那童年时期不可挽留的宛如流星的幸福。

　　岁月如深井，越过了涉世之初，她就开始一步一步沉入自己的黑夜。无法走出的童年。幽深的密洞。如是，她的人生之路才犹同逆旅。

　　她的一辈子，都是在向童年靠近。那里存储着她最原始的爱恨、无邪与孤独，也是她回忆中的私人领地，她抗拒着，又不得不迷恋着，霸占着，就连时光经过，都视作耻辱。

云南：甜的、涩的、野性的

"中国是永恒的。我那年五岁。"

越南的夏季是漫长的。临近赤道的地理位置，模糊了四季的界限，没有了更替嬗变。每年的5月到9月，东京平原一带尤为炎热，所以，在那里上班的很多欧洲人，都会选择在空闲时出去避暑。他们或去山中，或去海边——总之，想尽一切办法逃避暑气难耐的东京三角洲，逃避那一片热得发酵的茫茫泽国。

1919年夏，多纳迪厄一家前往中国的云南度假。他们乘坐的是燃煤动力火车，从河内出发，溯红河而上，一路翻山越岭穿越百余条隧道，最后到达云南的昆明，那个越南旅游册上宣传的"永恒的春城"。

旅程也是漫长的。整整三天时间。而对于五岁的玛格丽特来说，那样的旅途没有疲惫，只有新奇。在火车穿越隧道时释放的呛人煤烟里，她的记忆，出现更多的也只是即将面对一方异域的隐秘和兴奋。陌生的，危险的，或许正是迷人的。

五岁了，记忆力已经趋近成熟。即便过了几十年，时光的每一寸纹理依然清晰可见。玛格丽特记得，在云南，她亲眼见到了澜沧江，那条与湄公河一脉相承的美丽河流。当温暖的晨曦抚摸大地，巍巍青山下，河水仰望着干净的天穹，面目是何其温柔。

却也正是这条河流，在一夜之间汹涌泛滥，吞没了沿岸30万人的性命。无数的家园毁灭，无数的婴孩溺亡。温热的生命在天灾面前轻若浮尘，转瞬之间，就化作水中肮脏而冰冷的泥淖。然后，死亡的空洞，将被一茬又一茬的生养填补，密集的痛楚已让灵魂麻木，那些活着的人，将继续生活着，在无力更改的苦难面前，就连过多的悲恸，都觉得是一种奢侈。

然而，在玛格丽特的眼里，比灾难更残忍的，并不是自然导致的戛然死亡，而是人类对鲜活生命的无情摧残。

因为首先，她看到了中国女孩的脚。更确切地说，是看到了小脚，被布包裹的小脚。

缠足习俗，无异于一场自导自演自受的悲剧。那样一条无形又罪恶的暗河，经历无数个年代后，即便流经青天白日的人间，也依然可以轻易地吞没一个孱弱的性别，吞没她们的心理与生理，以及那些停留在喉咙深处的微茫呼救声。

当时幽闭的环境，病态的审美，愚昧的感知，一齐给身体烙刻的羞耻秘密——整个一只脚，除了大脚趾以外，其余的脚趾都要被压到足部以下，活生生地变成脚底……所以，当那样的秘密暴露在五岁的欧洲白人小女孩面前时，她感到了从未有过的震撼。难过的感觉深入记忆，继而为她们的生存深深担忧。

没有了自由的脚,就像失去了灵魂支撑的肉身——生长的权利被剥夺,畸形的生命气息里,就只余下被禁锢的年华。为了出嫁后不被夫家嫌弃,当地的女孩子们就必须在儿童时期开始裹脚。一双脚,被长达数年的脓血和汗液浸泡,被粗粝的土布暗无天日地包裹,最终将变成身上一个腐朽的物件……又怎不令人触目惊心!

宿命的惩罚,挣扎不得,逃避不得,真是可怕。而最可怕的,莫过于这种可怕就在你面前发生,且是以集体出场的方式。

在冰湖左岸游玩的一天,玛格丽特目睹了一场灾难。两百名当地的有钱妇女,在乘船游览冰湖时翻船丧命。她们连同汽船一起沉入湖底,无一生还。

是日,她站在湖岸,看着船上的女人们像一群小鸡般拥挤在一起,她们脸上化着精致的妆容,喉咙里发出靡靡的细微的声音……突然,天气变了,飓风拍打着水浪,船也剧烈地摇晃了起来。于是她们立刻慌乱了,全站到了一边——就像对女权一样,她们对平衡规律也是一无所知。顷刻之间,船就沉没了。她们甚至来不及呼救就全部丧生,带着身上华贵的织锦窄衣,还有那些用来装饰畸形小脚的绣花缎子鞋。

那样的场景,玛格丽特终生难忘。几十年过去后,她的笔尖触及那片记忆,依然有着难以用时间稀释的苍凉沉郁。痛苦与禁忌的刺激,也让那颗女权意识的种子,在她小小的身体里迅速膨胀,并以孤独而躁动的姿态,掠过用空虚数字堆砌的年龄。

还有旺鸡蛋。旺鸡蛋是云南的一种美食。当鸡蛋孵化到一定程度的时候，将其放入石灰中存放，这样不仅可以避免小鸡孵化出来，又可以保留鸡蛋独特的味道。

但在玛格丽特眼里，旺鸡蛋的吃法是极其残忍的，比裹小脚更令人气愤，她完全接受不了——不让长大，比单纯的不让活，要严重得多。

她已经想到要怎样去解放它们，就像解放被裹脚的女孩们一样——她在文章中写道："我的所有小鸡都破壳而出，我的所有小姑娘的小脚都撑破她们的鞋子。"她那般幻想着，像个小小的救世主。

在云南度假期间，亨利并没有让家人入住旅馆，而是租住了一套房子来避暑。如此既可节省开支，又能让孩子们尽情地感受当地的民风。

  但至少，城市也是美丽的。富足的城市，给人的印象如此，我几乎没有任何关于贫穷的回忆。我从未见过这样的景象。她建在丘陵上，到处都是台阶，层层叠叠的，白色和蓝色的房子，红色的招牌颤颤巍巍的，响着凉鞋的踢踏声和流动商贩喑哑的吆喝声。有时候会碰到几只小山羊。我从未在任何一个梦中找到过可以和她比拟的城市，那么名不虚传。巴黎，我十七岁那年见识到了，在她旁边，显得零落，不够紧凑；热那亚港的街道倒可以，如果愿意的话，给你一个小城的印象。当时我只是一个从红河凄凉的平原、河内碎石铺的宽敞寂寥的街道上出来的孩子。我认为，城里卖的没有别的，只有皮货、茶叶、丝绸和鸦片，五百种皮货，两百五十种茶，上千种丝绸和鸦片。人们只吃流动小贩供应的糖果和煎饼过活。城市里飘着焦糖的味道。城市本身也是甜的，涩的，野性的。

——《中国的小脚》

孩子毕竟是孩子，尽管五岁的玛格丽特有着与年纪并不相称的敏感，也有着孤独不入世的情怀，但她毕竟只有那么大——童真，虽然被世事尘灰遮蔽，但还是在她的生命中，真真切切地出现过，犹如创世之初的光芒，珍贵而洁净。

但至少，城市也是美丽的。所以，云南之于她，除却小脚和小鸡之类，依然有着令人心动的美。她会随着哥哥们去小溪边捉蟋蟀，笑声洒落一地。也会去乡间看老人们坐在土夯的墙根抽水烟，听他们谈论巫术，听时光秘密爬行在皱纹里的声音，窸窸窣窣，诡异而迷人。

走在石板街上，随着陌生的景致映入眼帘，那些悲苦的记忆将沉入心底，空气中渐次浮起来的，依然是这座永恒之城的富丽形象。

但时间过去。我们离开云南回东京三角洲。我长大了……

一天，我很高兴地发现，人不会动不动就因罪恶而死去——啊！完全相反——最好的证据就是那些骗我告诉我先前那些相反的东西的人都健康如鲜花怒放。我发现这一推理的时候已经应该算很晚了，但我还是像每个人一样发现了它。这就是我童年的终结。

——《中国的小脚》

时间流逝，中国将重新变得遥远。不久后，玛格丽特就随着家人回到了越南，她将在那里慢慢长大，和她的脚一起，自由自在地长大，不顾一切地长大。那里，没有被裹脚布缠绕的年华，没有在蛋壳中窒息的生命。在两层软木带透气孔的殖民地头盔的庇护下，她将伴着雀巢奶、净化水、漂洗过的蔬菜全面地长大。

而云南，那个中国的缩影，将在她的心间永久地留下甜的、涩的、野性的味道，至死不忘。那样的气息，生命本质的气息，就好像是在夏夜无故流泻的情欲——眼泪滴落在远方情人馨香的皮肤上，开着孤独而妖娆的花——一切，形同推迟出场的宿命……尝一口是险恶，再尝一口是丰美，余下一口，是凄凉。

从河内宅院到金边庄园

"我从来没有讲到过河内,我也不知道这是为什么。"

1920年,玛格丽特六岁了。是年初,她的父亲亨利被调往柬埔寨任职,她和母亲则留在河内生活。

在河内,玛丽贷款买下了一座住宅,用作开办私人学校。住所在河内北部的竹帛水湖边,是一幢新购置的清阔宅院。气候依旧湿热,时间依旧流逝,成长的痕迹在那里绾下一个深沉的结后,也依旧以汹涌孤寂的姿态继续向前漫延。

是年,在河内住所的院子里,玛格丽特有过一次留影。照片上,她穿着小小的白裙子,倚在母亲身边,有些严肃的样子,脸上堆积着稚气的茫然。哥哥们看上去心情还不错,皮埃尔调皮地躲在母亲身后,保尔看着镜头微笑。玛丽则坐在凳子上,嘴角有勉强撑开的笑意,却依然难掩内心的疲累——对于那种疲惫,玛格丽特将其称为"一股仿佛正在经历的强烈的失望之情"。

照片是父亲拍的。拍于去金边任职之前。在《情人》中,玛格丽特称其为"一张绝望的照片"。那也是亨利拍的最后一张照片。

因为身体的原因,他本来要去法国休养,却又临时接到了委任书,便只能先去就任新职。

那么,彼时母亲的疲累,是因为与父亲的分开,还是因为对宿命的预知呢——毕竟,她深知丈夫的身体状况,婚后一直忙于生病的丈夫,好像随时都有可能,永远地离开她。但是,六岁的玛格丽特并不能理解得透彻。对于父母的第一次两地分居,她谨慎的意识里,还是有一些被遗弃的忧伤。

在后来的一次访谈中,玛格丽特说到母亲的这段辛酸史,淡然的语气里,或多或少地有着某些故作轻松的成分:"我很幸运,有个绝望的母亲,绝望是那么的清纯,向往生活的幸福是那么的强烈,有时候也不能完全舒缓她的这种绝望。"

绝望是一片深海,生命在其中沉浮。有些人不能自我泅渡,就只能选择被吞没,譬如玛丽;有些人却可以凭借内心的能量战胜风暴,畅游于波涛之上,所谓悲,所谓欢,放眼茫茫,皆是风景,譬如玛格丽特。

这一点,对于多纳迪厄家的两位女性,虽血脉相生、相互影响,却终将分裂、刺伤对方。而河内,也成为多纳迪厄一家生活的最后一个优渥之地——从物质,到精神。

一年后,他们告别河内,转往金边住下。在金边,随着父亲的去世,玛格丽特那个暴烈的母亲,也将带着无可安放的绝望,领着孩子们,沿着内心的信仰与疯狂,疾步走进毁灭的渊薮。

在金边。那是湄公河畔一座很好的住宅,原是柬埔寨国王的故宫,坐落在花园的中心,花园方圆有若干公顷,看上去是吓人的,我母亲住在里面感到害怕。那座大宅子,在夜里,是让我们害怕的。我们四个人睡在同一张床上。在夜里,她说她怕。

——《情人》

1921年,玛丽把河内的房子出租后,就带着孩子们去往金边与丈夫团聚。玛丽在那里找到了公职,并被任命为一所小学的校长——她马不停蹄地安置一切,根本无法停歇。对于工作,她每一根疲惫的神经里,都总是充满了悲情的斗志——从在家乡发奋读书以求有一天改变命运的那一刻起,她就从来没有松懈过,也不敢松懈。就那样,生命不止,欲望不止,奋斗不止。

金边——柬埔寨的首都,城市本身自有迷人风韵。温和朴实的金边人更是将湄公河称为"水神",心怀浩荡的感恩之意。顺着湄公河向金边走去,穿过连绵的稻田,宛如抵达一座梦中花园。挺拔的槟榔树,盛开的茉莉花,白色的房屋点缀在鲜花绿荫之中,煞是好看。琉璃瓦的屋顶层层叠叠,在阳光下流溢出美妙的色彩。那里佛教文化源远流长,到处可见古老的庙宇和高耸的尖塔,整个城市都散发着虔诚而浓烈的宗教气息。

虽然金边给了玛格丽特无尽的绝望与恐惧的记忆,但在多年以后,她回忆起金边的物事人情,依然记忆犹新。而且,从她的笔调来看，对于金边，她还是有着真切的喜爱之情的。

在那里，七岁的玛格丽特除了在母亲的学校接受知识之外，她也像许多同龄的孩子一样，会趁父母不注意的时候，跑到街角的小卖部里去买糖果吃。有时，与小哥哥玩耍累了，就会坐在幽寂的百叶窗后，聆听湄公河上舢板艄公的长长号子："来呦来呦噻，来呦来呦瑟，来呦来呦噻噻瑟……"艄公清越的声音掠过窗外的槟榔树，也掠过她那与年龄不相符的心智，只是彼时彼刻，没有人知道，这时光里的一切都即将和生死离别有染，年华的篇章将无辜碎裂，不忍卒听，不忍卒读。

金边虽风景优美，却依旧有着"热得要死"的气候，每年都有很多人因患热病死亡。1921年春，玛格丽特的父亲亨利再次病重，工作也随之被迫停止，初夏时，已然到了卧床不起的境况。

是年4月，亨利被送回法国进行紧急救治。玛丽带着孩子们为他送行，她有些不祥的预感，却又依旧怀有希望，自己的丈夫一定会和从前一样，经过治疗后将再次返回越南，返回他们相识的地方。可是他这一去，就再也没有回来。金边，终是成为一家人的伤心之地。

同年9月，医院宣布了亨利的病情，声称他患的是一种非常严重的病，身体已经极度虚弱，必须休长假进行严格的治疗……而事实上，病入膏肓的亨利已经无药可治。在医院日渐消瘦的他，躺在病床上回溯前尘往事，或许是依循内心深处对前妻爱丽丝的情意，深知自己时日不多之后，他还是选择了把生命中最后的时光,留给了他的另外两个孩子——与前妻所生的两个孩子:让与雅克。

在家乡的普拉提耶庄园,亨利安静地等待着死神亲临。他拒绝了一切外界的探访与医疗措施,他知道,死神召唤他太久了,他再也逃不掉了。去世的时候,帕尔达朗的天空异常清朗,他的眼睛一直看着窗外,唇边有浮动的微笑,仿佛与最好的记忆重逢。

"我母亲就是在这个大宅子里面得到父亲的死讯的。"

玛格丽特与母亲、哥哥们依然住在金边的大宅子里——那所得益于父亲职位才能住进去的古老王宫,周围的花园里满是报丧鸟。也正是在那里,收到了父亲的死讯。

而她的母亲告诉她——在电报到来的前一天晚上,她就知道丈夫不在人世了。是夜,她看见一只飞鸟,疯狂地冲着她叫唤,然后拍打着翅膀,在屋内寻找,久久盘旋,直至最后消失在王宫北向的房间里……那只飞鸟,只有她一个人能看见,那个房间,正是丈夫平时办公的地方。

玛格丽特记得,就在得知父亲过世的消息的几天之后,她的母亲,再次向她证明了自己的预见能力,以及对死亡感知的能力。也是在半夜,她被母亲的尖叫声惊醒,她看到母亲脸上出现了一种平日生活中难得一见的恐惧与脆弱,母亲喊着"救命",并向孩子们讲述了所见的一幕,就像讲述一个冗长的故事:她看见了她的父亲,在法国农场居住的亲生父亲,就坐在她的对面。父亲穿着什么衣服,衣服是什么颜色,以及父亲站立的位置和姿势、表情和眼神，都历历在目。她说，父亲就那样直勾勾地看着她，她喊了他，和童年时一样，很尊敬地喊了他，可是他很快就消失了，身影隐没在房间里，她急忙追上去寻找，可再也找不到了，仿佛从没出现过。

亨利去世的日期是1921年12月4日。不久后，玛丽的父亲也去世了，日期是1921年12月13日。而他们去世的时间，正好是玛丽看见飞鸟与人影的时间。

一切有如预示，吻合得让人心惊。想来天地万物与人情意愿之间，定是有某种相通的联系。小小年纪，玛格丽特对于母亲的那种犹如天赋的感知，是又敬畏又佩服的，只是自此之后，她就再也没有见过自己的外祖父与父亲。

是年，玛格丽特七岁。她成了失去父亲的孩子。她的母亲，也终于成了失去丈夫的寡妇。

对于母亲，玛格丽特后来在未发表的文章中写道："我们是她生活里的盐，能使这片土地从今往后具有无上生命力的盐。"——丈夫已故，孤独而绝望的母亲就必须带着三个孩子，继续留在越南的土地上，继续工作，继续绝望地奋斗，绝望地用梦想，消磨着迢迢未尽的余生。

然而对于父亲，玛格丽特似乎并没有过多的情感依附。没有过多的爱。没有恨。连记忆都不肯多给。如此，对父爱，对时间，都是巨大的无情。

20世纪80年代，功成名就的她参加一个访谈节目时，被问及对父亲的感情,她的口吻很是强硬,甚至不无炫耀的成分,还带着刻意的漠然与寡情。她直言父亲去世时,自己没有感到丝毫痛苦,也没有丝毫难受,没有任何问题。她就当他出游了,在旅途中死了。几年之后,她的小狗丢失了,她感到非常悲伤,是小孩子从未有过的悲伤,那种问题,要比父亲的死,严重多了。

而且,她的很多作品,写到童年的很多作品,也几乎找不到父亲的痕迹。即便是在带有自传色彩的作品《情人》中,她的记忆也会选择性地绕过父亲。很多时候,他都只是一个起配合作用的角色,用以衬托母亲的形象,或是标记自己经历的某些事件。

譬如在1988年的访谈中,她向镜头回答自己小时候看到的第一个景物,她终于又提到了父亲。她对着镜头,平静而缓慢地叙述着,像抚摸一张光洁的旧照片,泛黄的记忆,正小心翼翼地浮在空气中。

她说,那是一个平淡无奇却又关乎个人意义的记忆镜头。所以她保留着,没有从记忆中删除。她记得那天的天空和湖泊,记得火车站和房子。是一个葬礼,她与父亲一起去看。有火车运来的棺木,有主人、无数的客人,有鲜花,很多东西。可是她那时候太小了,还不知道是怎么一回事。但就是那些景物,那个场景,成为她生命中的一个重要的标记,恒定不变的一个记忆,她永远记得,不能遗忘,当时,她的父亲拉着她的手……

——这一切,或许是与父亲长期不在家有关,但更多的,应该是出于一种天性使然——她是冷性的,血液中流淌着与生俱来的孤独。她也是野性的，痛恨传统，轻视伦理，在血缘亲情面前，她并没有深刻的归属感。这一点，在童年时代就已若隐若现，成年时，更是以不顾一切的姿态发展。她在现实生活中离经叛道，在文字世界里唯我独尊。多年后，她甚至将自己身上那个与多纳迪厄唯一相连的姓氏也剔除干净了，而改姓为——杜拉斯。

帕尔达朗的内内

"对我来说,法国还仅仅是帕尔达朗。灶台上的柳条筐里李子的味道、德罗河清澈的水和种满水田芥的池塘……"

1922年初夏,玛丽·多纳迪厄准备回法国一趟。丈夫已经去世,她必须去了结数月以来悬而未决的遗产问题。所以,在安排好了柬埔寨的教学事务后,她就携带三个孩子踏上了回国的行程。是年7月,他们由金边出发,经过西贡市,然后登上开往法国的远洋客轮。

历经一个多月,轮船终于抵达法国海域。这也是玛格丽特第二次回法国。对于八岁的玛格丽特来说,此次行程的概念,尚不是"回",而是"去"。法国,在她心里,仅仅是地图上的一个遥远图标,一个父母的出生地,无关她的任何乡愁。直至多年后,她的乡愁也不过是湄公河里的月亮影子,野寂的、浑浊的、温热的,却捕捉不到。

玛丽带着孩子们先是去了自己的家乡弗吕热。一直到9月份,一家四口才抵达普拉提耶庄园。

"我父亲去世前买下双河口的一幢房子,这是我们家唯一的财产。"在《情人》一书中,玛格丽特如是写道。

书中说的那幢房子,就是普拉提耶。庄园位于风景清秀的帕尔达朗小镇,其实并不在双河,而是在距离双河三十多公里的沿岸省,一个盛产栗子和葡萄的地方。当然,在玛格丽特的许多作品中,都有诸如此类的安排。这应该无关记忆的偏差,想来只是笔端的某种癖好——对于一个视写作为生命的作者来说,记忆,从来就是为文字服务的。而且,这种癖好的至高之境,就是让文字比生活更真实。故此,以至临终前,她还会对这座"传奇性的花园"念念有想。

庄园是美丽而沧桑的。房子是大型建筑,总面积有十几公顷。房子的窗户上都安装了木质的百叶窗,阳光透过窗子照进房间,就会升腾起怀旧的感觉,待夜色上来煤油灯点亮后,那样的怀旧感就更浓郁了。房子中间是双门扇的正门,墙面为肃静的白色,照着对面的公路。越过公路,就可以到达德罗峡谷。房子的地下室里,存放着酒桶,里面全是陈酿的葡萄酒。还有禽舍、水井,各种各样的棚架、菜园、果园、种植园等。

玛格丽特所念想的传奇性花园,应该就是房屋与公路之间的观赏性庭院了。庭院里栽种着黄杨树、松树,以及各种高大的树木。若有风从远处吹来,树梢就会发出如同泣诉的声音,听在耳朵里,却没有任何悲情。花园中间的树木掩映之下,则有一个清澈水池,里面常有游鱼往来,浮萍荡漾。

在玛格丽特的一页手稿里,还记录了普拉提耶的李子酒,那是一段布满了李子香气的童年时光。

普拉提耶的藏酒库是直接挖在花园半山腰上的,酒库对面就有一个大大的李子烤炉。一层一层的李子摆放在烤炉里,下面烘炉里是不断燃烧的葡萄藤,火烧得旺旺的,燃起令人愉悦的噼里啪啦的声响。在夜间,炉膛里的火发出温暖的红光,像一大团蓬松的赤色云朵,非常好看。烤炉里的李子香味也传出来了,随着李子皮一层一层地开裂,满院子里都是一阵一阵的浓郁的李子香味,不断飘散的香味,侵袭了流逝的时间,也覆盖了温软的记忆。

藏酒库里李子酒的醇香,煤油灯下沙沙涂抹作业的小女孩,漫山遍野的葡萄树环绕着古老的断壁残垣,小丘低洼处的泉眼正日夜汩汩地吞吐,窗外火车穿过平原时车轮摩擦铁轨产生的嗞嗞摩擦声……彼时记忆里的各种影像、声音、气味,都将成为他日作品中的神秘线索。如此,用文字抵挡住时间的侵袭,一切的温暖与悲凉皆有迹可循。

往事握在指间,方可不忘不失。多年后,玛格丽特将普拉提耶的记忆植入笔下,便成了《厚颜无耻的人》中的场景。

《厚颜无耻的人》,玛格丽特的处女作,又名《塔纳朗一家》。也是这本书,赋予了"杜拉斯"这个笔名最初的生命。书中所写的一家人,就是依照她现实生活中的一家人所创作的。依然没有父亲,依然是母亲、两兄弟,还有妹妹。而那个被树荫覆盖的花园,就是普拉提耶。

书中写的母亲，经常会在下午，仰躺在一把安乐椅上，优哉游哉地享受阳光的爱抚。安乐椅放在花园和菜园交会处的平台上，她慢慢地摇着椅子和自己的身体，然后就会慢慢地小寐过去。她的儿子们在花园里嬉戏、钓鱼，她的女儿则坐在松枝长凳上，心不在焉地看着一本书。她怕女儿看到自己昏昏欲睡，便会睡眼蒙眬却又故作清醒地用她的大嗓门喊道："别待在树荫下，对身体不好，听见没有？"

而在现实生活中，多纳迪厄夫人真的是那样悠闲吗？因为在解决丈夫遗产之事上，她已然成了多纳迪厄家族最痛恨的人。或许是考虑到亨利与前妻尚有二子需要养育，多纳迪厄家族一直不肯修改普拉提耶的房契，将庄园归于玛丽名下。但即便如此，玛丽依然想尽一切办法，四处奔走，只为了剥夺丈夫与前妻的孩子们的继承权。她起诉了让与雅克，并领取了他们的抚恤金……

另有一封亨利的兄弟罗歇写给越南总督的信，信上的一些言辞也足以证明玛丽的不受欢迎："她想要收回普拉提耶的这所房子。她会得逞的……多纳迪厄夫人对其丈夫与前妻的孩子没有丝毫疼爱之情，这次又起诉了他们，目的就在于拖延他们享有继承我兄弟的财产的权利，而实际上，她早已将我兄弟的财产据为己有。"

不过，在当时，家庭战争是大人之间的事情，并没有过多地影响到孩子们。

"对我来说，法国还仅仅是帕尔达朗。灶台上的柳条筐里李子的味道、德罗河清澈的水和种满水田芥的池塘……"

彼时的玛格丽特只有八岁,她喜欢人家叫她"内内"。村庄里的人也都叫她内内。伊维特·巴罗是她小时候的玩伴之一,对于玛格丽特——当年那个有一头浓密的棕发,面容清秀可爱,穿着条绒大衣和漂亮高帮皮靴的小女孩,几十年过去,她依然记忆犹新。

伊维特回忆说:"内内是一个很有个性的女孩,不淘气,很有自己的想法。但我们很合得来,可能因为我比较好说话吧。内内没有上学,由母亲教她读书,每周四,她就会给我们做听写。她有个大哥叫皮埃尔,是个冷面孔,我们都不喜欢他。她的二哥保尔却是温和可爱的。她的母亲呢,看起来是个干大事的人,是那种像大人物的人……内内和母亲不时吵架,一吵架,她就到邻居家睡觉。"

每当天气晴朗的时候,玛格丽特就会和她的伙伴们到花园的小径上去游玩。夏天的时候,经常去樱桃园和树林采摘水果。有时,她们也去两公里以外的乡间拜访神父。神父家里有好吃的果酱,那些果酱深深地吸引了孩子们。为了贪图快捷,她们会穿越广阔的田野。田野边的木屋子里住着一位老婆婆,一年四季都坐在火边,脸上的皱纹很奇特,像是中了某种魔法,又像是从哪一篇童话里走出来的。

天气不好的时候,她们就待在普拉提耶庄园过夜。庄园里的房间很大,又不曾有人涉足,更好玩的是那里有好多大箱子,里面装满的布料和衣裳,足以让她们玩得尽情尽兴。

八岁的内内,其实还喜欢穿木鞋,奔跑在平原上,形同被清风驯养的小兽。

她喜欢洛特·加龙河,因为她觉得那条河流很野性。在帕尔达朗那个平静的地方,洛特·加龙河的气息与她最为契合。那种不安的、流淌的野性气息,总是让她联想到自己的出生地——交趾支那。

她的出生地,那种野性——那种游离在正常意识之外的野性,与洛特·加龙河仿佛有一种密谋般的相似。

不仅如此,帕尔达朗,还是她第一部作品的原型故乡,也是她确定写作之路的地点。老年时,她回忆起写作的最初的因缘,就提到了帕尔达朗的一幕:

"一直想知道自己是怎么想起来要写作的。就是那个时期,就在父亲的土地上。那里开阔而空旷……我喜欢出去放牛,赶着它们穿过省道,沿着德罗河往前走。道路的尽头有条铁路。一天,火车没有鸣笛就过来了,轧死了一头水牛,一只牛角都掉下来了,水牛的血流光了。我现在好像还听得见它的叫声……我和那个棕发女孩待在一起。我跟她说着话,我大叫着,我哭了……我是和死神在一起……这就是写作……当我现在回想起来的时候,我发现自己正在变成一个好像是作家的人……"

那时候的她刚刚八岁。就在她父亲的土地上,她的父亲,亨利·多纳迪厄与其前妻庄严同葬。亡者在土地下安息,血腥在土地上发生,单纯的恐惧让一个孩子身体里的某个部分骤然清醒,如一道灵性疼痛的曙光穿越长久的黑夜,找到本初的因缘归属,是为天赋。

写作,彼时的她已经知晓,她一定是属于写作的,一如写作属于她。童年是作品的腹地,内藏无尽的爱与孤独。

帕尔达朗。时间会逝去,风景会变换,曾在那里停留的人,在接受无数次的毁坏和赐予后,也终将被逝去的时间渐次撤换。只有地点,永恒的地名,将永不腐蚀,它伫立在生命的洪流里,冷静沧桑,一望如故。

百鸟平原

"永隆,我说过,那是越南一个丛林前哨站。它已经成了百鸟平原,世界上广袤的水乡,我想象。"

1924年夏,玛格丽特随母亲离开帕尔达朗,再次回到越南。是年6月初,他们在马赛港启程,乘坐远洋航轮,沿着茫茫的蓝色水路,最终抵达西贡市。

棕榈树,浑浊的水域,舢板,聒噪的越南话。时隔两年,那些再熟悉不过的景象再次扑面而来——各种各样的声色光影在炎热的空气里混合着,细微地摩擦着,奇特的气息,从白人小女孩裸露的皮肤传输至隐秘内心,留下难以磨灭的痕迹。

对于玛丽·多纳迪厄来说,返回是有些迫不得已的。她花了两年时间才把遗产的事情落实。在此之前,她就曾向法国有关部门提出申请,要求留在国内,可遗憾的是并没有获得批准。她甚至谎称自己得了殖民地的传染病,而在军医会诊后,她依然没能如愿。军医还在结论书上写道:"多纳迪厄夫人可以适应殖民地的生活了。她应该立刻返回自己在海外的工作岗位。"

她热爱自己的国家,想念家乡的那些亲人,还相信伟大的殖民计划,而且多年过去,她已不再是那个满怀探险精神对殖民地浮想联翩的年轻人——相反,随着丈夫的离世,越南早已成了她的伤心之地。

　　玛丽不想回到金边。丈夫去世,政府提供的房子也迅速被收回。在西贡市,玛丽多次给当地殖民局写信,希望能以儿子的教育问题为由,申请将工作岗位安排在相对繁华的西贡市。或者退而求其次,安排在河内——那个尚存一丝温暖回忆的地方,也未尝不可。

　　然而却迟迟不见答复。接下来,玛丽又向越南总督写信,署名为"多纳迪厄遗孀"——如是,期待总督可以看在亡夫的面子上,批准此事。在信上,她一再表明,自己对本职工作的热爱与用心,如果自己不是孤身一人,绝对会服从安排。但因为两个儿子都到了接受中学教育的年龄,而柬埔寨,根本不能让他们继续学习……另一方面,在河内,她有自己的住房,可在柬埔寨,她的工资尚不能应付每日旅馆的开销……

　　之后,玛丽还拖家带口冒着盛夏的酷热亲自求见总督。然而不幸的是,现实凉薄,玛丽一切的哭闹、奔走,于交涉都没有起到作用。她必须继续待在金边——忍受着一家四口住在小木屋里那种孤立无援的生活。

　　其实当时总督收到信后,也曾委托人调查过。调查的对象,就是署名多纳迪厄遗孀的玛丽的同事们。没有人想到,那些同事对她隐藏的恨意有多深——或许从她与亨利的婚姻开始,或许与她顽石一般的个性，以及为争取利益不顾一切的态度有关，于是，总督收到的调查结果上，就有了"多纳迪厄夫人名声非常糟糕……她的存在就是不团结的因素"之类的种种言辞。

在这种境况下，玛丽只好聘请律师来维护自己的权益。她将自己与孩子们关在黑漆漆的旅馆里，觉得自己遭到了天底下最恶毒的背叛。可是，最后也只得到了一个湄公河三角洲女子学校校长的职位，而且，地点还是在距离西贡市一百三十多公里的永隆。形同发配。

1924年10月，对调任极度不满的玛丽，在不得已的情况下，只能将自己极度疼爱的长子皮埃尔送往法国。在巴黎，她的爱子可以上中学，可以接受最好的教育，若非如此，她实在无法忍受与之离别。她写信拜托帕尔达朗的迪福神父照顾皮埃尔，字里行间，感人肺腑。而那个善良的神父，后来也成为皮埃尔的宗教导师。

如此，保尔和玛格丽特则留在永隆，留在绝望的母亲身边。

就是这样，父亲死后，一切都发生了变化。玛格丽特的母亲，穷乡僻壤的女教师，不再年轻的寡妇，无常世事，冷漠人情，所有的哀伤与失意，她都要被迫接受。

而这一切，她都是见证者——甚至，在母亲一层又一层疯狂而无助的情绪里，她也必须跟着经历一遍。"我的幼年，我的梦充满着我母亲的不幸。"没办法，这就是宿命，与梦境一样，与天赋一样，都是无可选择的东西。

"它对我来说意味着生命的全部。七十二岁时，它仍然和昨天一般清晰地停留在我的记忆中……"

玛格丽特是喜爱永隆的。在永隆，她没有拍下一张照片。但是那里的一切，直至暮年，她都没有忘记过。

位于湄公河边缘位置的永隆，才是真正的越南，她觉得，那是殖民地最美的地方。因为气候湿热，便常有雾气，远处是丛生的云海与霞光，近处是纵横的河流与农田，瘦小的船只在河道中穿梭，碧绿的棕榈树在风中摇曳，草木幽深的小岛，振翅的飞鸟……永隆，即是那水天之间的柔软腹地，蕴藏绵绵风情。

光线划分昼夜，形成记忆中鲜明的两个明暗切片。相较于白昼，夜晚更让她钟情。

时间慢慢流逝，黄昏将河水染成玫瑰木色。然后，夕阳入海，暮色凝重，夜晚正式登场。夜色中，煤气街灯点亮了笔直的街道。那些店铺，各种各样的杂货店和首饰店，正在等待顾客的光临。街道两边盛开着金凤花，散发出香味。街道上则铺着一层密密麻麻的碎石，时有零星落花委地。高大的罗望子树一直延伸到海湾。远处，海湾也仿佛沉睡了。

玛格丽特记得，遇到母亲心情愁闷的时候，一家人会乘坐马车去郊外散步，像白人区的人们那样，去观赏殖民地的夜景。

永隆的夜晚，天空是明亮的，像纯色的光带，超出色彩之外，又呈现出溶化的状态。月光把阴影描画在路上，犹如清薄的剪影。远处，天光如透明的飞瀑，沉潜于无声的寂静之中，像墓穴的那种亘古的寂静。不时有犬吠传来，在一个又一个的村庄间彼此呼应,一直到白昼来临……却尤感沉寂。永隆独特的夜色。蓝色空气的夜晚,空气湿润得可以伸手取下,把玩指间,有着不可预知的神秘。就那样,马车穿越在绵延的稻田与夜色之间,仿佛没有终止……巨大的空间里,由静处衍生的野寂的力量,贯穿身心。

从性格上来说,玛格丽特一直都是野性的。永隆,则可以最大程度地释放她的野性,又将其包容。所以,她并不介意住房是否简陋。她的灵魂,可以被夜色收留,可以游离在绝望的家庭之外。至于房子,不过是一具皮囊的收容之所而已。

"房屋,我们的栖身之地,刷着白石灰,摆着涂有金饰黑色大铁床的住屋,装着像大街上的发红光的灯泡,绿铁皮灯罩,像教室那样照得通亮的房间、这样的照片一张也没有拍过,我们这些住所真叫人无法相信,永远是临时性的,连陋室都说不上。丑陋难看就不说了,你见了就想远远避开。"

——这就是她记忆里永隆的房子,让她的母亲为之耻辱的临时住所。小学教师的房子,在白人区的深处。刷着白石灰的房屋。简陋的金属大床。为了抵御恶毒的蚊虫,床脚必须终年泡在盛满水和玻璃屑的容器里。地板上,铺着由百叶窗透进来的悲伤而谨慎的光。在永隆,玛格丽特的母亲依然不受欢迎。她总是被各种各样的闲言碎语围绕。她个性要强,经常打骂儿女。她饶舌,喜欢拨弄是非,喜欢哭诉。她专制严厉,没有同事和学生喜欢她。

但是对于她的母亲玛丽来说,永隆只是一个暂时的栖身之地,有一处简陋的居所,收纳着他们疲惫的身心。而且,总有一天,她会带着孩子们离开那里，扬眉吐气地离开那里，并且找到适合自己居住的地方。那地方，一定在法国，就像普拉提耶庄园那样的地方。只有那样的地方，才符合她的身份，契合她的脾性，才能抚慰她那可怜的悲苦已久的心境。

有梦想总是好的，生命为梦想而生存，才会生长得接近可能。心存梦想，才不至于绝望得那么不堪。至于时间，那些一路漏下的点点滴滴的痕迹，也将漫过我们的脚印，然后自顾自地积成池，积成渊，积成生活的模样。

"当时我们是多么爱笑的孩子，我的小哥哥和我，我们一笑就笑得气也喘不过来，这就是生活。"百鸟平原，广袤水乡，玛格丽特如此概括永隆："我对它一见倾心，它就像是冥冥中对我许下的某种诺言。"

也是她与小哥哥的永隆。在永隆，玛格丽特完成了人生中从童年到青春的过渡。前方是茂密的热带丛林，她与小哥哥逃到森林深处，窥视爬行动物和猛兽；赤脚在星光下奔跑，夜空笼罩在头顶，犹如沾满鱼鳞的大网，她奔跑着，踩踏一路的花瓣和昆虫的吱吱叫声；去海滩看成群的小鱼游过千年的树冠和树枝缠绕的泉眼，让乳绿色的雾气萦绕在眉睫上；放眼一望无际的平原，十万离鸟逐日而飞，广袤的人间，形同一个古老的传说……

那样的永隆，又仿佛是一个孤立在生活之外的世界，站在黏湿的汗液与粗粝的喘息之中，出落得野性而迷人——只与少女的成长隐秘相关。

亲切的小哥哥

"我对他的爱是不可理喻的,这在我也是一个不可测度的秘密。"

玛格丽特称呼她的二哥保尔,"小哥哥",或"我的小哥哥",深情之中,带着笃定的疼爱和柔软。是的,如果深爱一个人,爱他、恋他、思他、慕他,就连称呼也是从心尖上摘下来给他的,甚至在语气上,都不容许自己有一丝一毫的尖锐。

在永隆的时候,父亲已经去世,大哥皮埃尔也被送去法国,小哥哥就成了她生活中唯一可亲近的男性。和小哥哥在一起的时光,是有限的生活里的最大欢愉。那样的欢愉,带着香味,甜的、野性的、惆怅的香味,在回忆的夜色里流淌。

小哥哥是亲切的,无论何时,他都是她最信任的人,最合得来的人。就连对食物的喜恶都一致。都喜欢吃芒果,喜欢喝中国汤,喜欢吃熏肉和腊鱼,喜欢吃被潮水冲到河边的螃蟹。都不喜欢母亲给的肉和苹果,来自诺曼底的青苹果会让人一下子就想起法国,想起罪恶的殖民地计划。

也是在永隆,在一个又一个的寂静夜晚,她跟着小哥哥,去森林里捕猎,打黑豹,去小河里游泳,抓鳄鱼……总之,出去,在家庭之外,到野外去,快乐就在那里等着他们。

当时在她心里,小哥哥已经是一位优秀的猎人了。是他教会了她游泳,是他教会了她怎样辨别走兽的足迹与气味,也是他教会了她,如何在林中识别飞鸟的叫声……

她的耳朵上,经常会戴着新鲜的山茶花,她爱着身边的小哥哥,用内心里深刻的怜悯和温柔,与他相依为命。因为在家中,他们得不到母亲的爱。

几年后,大约是在沙沥的时候,玛格丽特的大哥皮埃尔已经从法国回来。小哥哥对大哥的惧怕就是从那个时候开始,并由此变得软弱,变得哀愁,变得压抑。而在此前,两兄弟打架还是互不相让的,经常打到最后,两败俱伤。

母亲对大哥的宠爱与偏心,已经到了扭曲的地步。大哥暴戾凶狠,在家中形同恶魔。而他们被母亲与大哥的联盟驱逐在外,日复一日,年复一年。

对于大哥皮埃尔,玛格丽特曾回忆说,大哥是整个家庭的灾难。从法国回来后,他整天游手好闲。他养了一只狒狒,给它吃硬币,吃到走不动路。他教狒狒一切凶残之事、一切取乐的法子,比如将一只公鸡的毛全部拔光……后来他还沾上了烟瘾,把家里的钱败了个精光,就连仆人的钱,他也不放过。

但她讨厌大哥,最主要的,还为了惩罚母亲的偏心——母亲溺爱他,偏袒他,从不责备他的错误,还原谅他的一切罪行,包括他对弟弟妹妹的伤害。

她也憎恨大哥欺负小哥哥,憎恨他对小哥哥的打骂和羞辱。在餐桌上,小哥哥永远是吃他吃剩下的食物;在家中,小哥哥永远生活在他那恶狗一般的目光下。可怜的小哥哥,就那样活在大哥的暴行之下,一次又一次地,面临崩溃。

> 小哥哥睡在教室外的走廊上,靠着矮墙,月光照不到的地方。她停下来,躺在他身边。她望着他,仿佛瞻仰神圣的事物……
>
> 她吻他的头发、脸、放在胸口上的双手。她呼喊他,轻声地呼喊他:"保尔……
>
> "你不该再害怕了。谁也别怕。不要怕皮埃尔。什么都别怕……
>
> "月亮把鸟儿都闹醒了。"
>
> 后来,女孩停下脚步,指了指夜空,说:
>
> "保尔,你看这天。"
>
> 保尔也停下来,望着天空,反反复复地说:天空……鸟儿……
>
> ——《来自中国北方的情人》

玛格丽特常对大哥说,你真是该死。"恨不得让他去死",

这样的想法，她不止有过一次。这样的恨，与她对小哥哥的爱捆绑在一起，爱的一端愈深，则恨的一端愈烈。

她从来不害怕大哥的暴行，哪怕大哥的暴行让她感觉异常耻辱，以致年龄衰老，心智干枯，整个身体都灌满了死亡的气息……也不曾对大哥有过害怕——却唯独害怕小哥哥失去生活的勇气，跟害怕他会因为大哥发生任何不测。小哥哥的有生之年，几乎就是在大哥所制造的恐怖中度过的。若是大哥死去，对小哥哥来说，就是一种拯救。

想杀死大哥，就像夺走母亲的心爱之物一样，把他杀死。她这样想着，疯狂地想着，思想里的暴力充斥着身体、回忆，以及笔端。

对于小哥哥，玛格丽特说："我对他的爱是不可理喻的，这在我也是一个不可测度的秘密。我不知道我为什么爱他竟爱得甘愿为他的死而死。"不可理喻的爱。也是神圣的爱。她也曾对母亲说，自己爱小哥哥，胜过爱世上的一切。对她来说，小哥哥就是她最珍惜的宝贝。

被扭曲的亲情，一部分衍生成恨，一部分衍生成爱，压抑的家庭，禁忌的情爱，分泌出绝望的汁液。成长被浸泡，犹如堕入创世之水——沉重、迷蒙、浑浊不堪，没有光的照耀。

抵挡太平洋的堤坝

"就这样,她把十年的积蓄扔进了太平洋的海涛中。"

玛格丽特一家在永隆居住时,越南总督颁布了一份通报,内容为"允许教师参与国有土地的竞标"。这样的消息,对于玛格丽特的母亲——一个农场主的女儿,一个被命运频繁击打又急需改变现状的女人来说,无疑是一道渴盼已久的光亮,意义神圣。

土地,希望的所在,生命的安栖之所,是时,真的是没有什么比拥有一块土地更能让她获得安全感了。

于是,玛丽卖掉了河内的房子,又以新获得的公务员遗孀的名分,以及自己公务员的身份,于多方奔走之后,终于在中间人的撮合下,购置了一公顷的土地,外加一片位于象山与大海之间的森林。

玛格丽特记得,那是母亲最高兴的时候。她一高兴,就会让仆人冲洗屋子,也让孩子们亲自参与劳动。那样的时刻,屋子里飘荡着马赛肥皂的味道,是暴风雨过后潮湿土地那种好闻的香味。在那样纯洁的气息里,小哥哥把双耳瓮里的水倒在她赤裸的小腿上,像流失的清甜的吻。母亲则会坐在钢琴前,弹奏几支曲子。

  水从台阶上往下流,流满庭院,一直流到厨房。小孩高兴极了,大家和小孩一起,溅满一身水,用大块肥皂擦洗地面。大家都打赤脚,母亲也一样。母亲笑着。母亲没有不满的话好说了……我母亲对这乱纷纷的场面很开心很愉快,这位母亲有时是非常高兴非常喜悦的,在什么都忘却的时候,在冲洗房屋这样的时刻,可能与母亲所祈求的幸福欢悦最为协调。母亲走进客厅,在钢琴前面坐下来,弹奏她未曾忘却的仅有的几支乐曲,她在师范学校学会记在心里的乐曲。她也唱。有时,她又是奏琴,又是笑。

——《情人》

  就那样,十来岁的玛格丽特亲眼看着母亲,用沾满肥皂香味的手,将家里所有的积蓄,都放在一个小挎包里,像揣着一团热乎乎的梦想,脸上还带着从未有过的虔诚,欢喜而郑重地走出了家门——然后,把钱交到地籍总署办事员的手上。

  她对他们不停地说着谢谢、谢谢,谢谢他们给了她一块位于大海与群山之间的神奇土地。那些"廉价"的土地一旦开发种植,数年后就能获利——玛丽彻夜不眠地核算着,无比笃定地认为不出四年,她就会成为百万富翁。

  但土地并不在永隆,也不在附近的区域,而是在遥遥六百多公里以外的柬埔寨。从永隆出发，必须途经西贡市，忍受一路的高温与颠簸，历时数日才能到达那里。

玛丽依然支撑了下来。每个周末，她都会带着玛格丽特与保尔，坐着一辆B12轿车，风尘仆仆地赶往土地——"我们三个人常常是黑夜出发，一同上路，到海堤那里去住几天。在那里，我们在般加庐的游廊上住宿，前面就是暹罗山。然后，我们又离开那里，回家去。"她从来不言劳累。至于来回奔波的劳累，已被预期的财富的光芒所覆盖。"任何困难都不能够阻止我母亲"，她内心里急欲实现梦想的力量，足以压制住眼前一切艰辛。

玛丽从永隆当地雇用了几名农民，她把他们带至柬埔寨，让他们为自己种植耕作，创造财富。但之前必须在土地旁边为其搭建安身之所——一种叫般加庐（印度地区常见的带游廊的平房）的建筑。"在建造住宅期间，我和我母亲、小哥哥只住在一间茅屋里，紧靠着'上等'仆人住的草屋"，创建村落，那一项巨大的安置事宜，又进一步耗费了她大量的精力与钱财。

第一年，她把土地的一半都种上了庄稼。种植的是水稻。她期望着第一年的收成能够补偿建造般加庐花掉的大部分费用，期望着水稻丰收，黄金一样的稻谷堆成一座一座小山，源源不断地进入仓库。

但实际情况却是，7月潮汐袭击了平原，农作物被浸没。第一次的收成，仅仅是几包稻谷，连谷种都没有收回。几百公顷的土地，工人们的辛苦劳作，一家三口的奔波与希望，一起换来的竟是以个位数为单位的区区几包稻谷。

那一片看似肥沃的土地,其实根本无法耕种,因为它每年有一半的时间都会泡在海水里,成了名副其实的盐碱地。除了居住地和远离海岸的几公顷土地之外,所有的农作物都被海水"烧死"了。所有的投入,在一夜之间尽数化为乌有。就连在退潮后,玛丽亲自带着孩子们划船去核算损失,也要用将近一个白天,才可以核算清楚……

尽管如此,玛丽并没有被突如其来的灾难击倒。据玛格丽特日后回忆,就在退潮后的那天夜里,她的母亲做出了一个疯狂的决定——去借贷一万法郎修建一条堤坝。一条抵挡太平洋的堤坝——可以一劳永逸地避免稻田被海水淹没。

可是,所有的银行都拒绝贷款,理由一致:"歉收的巨额赤字","多纳迪厄夫人又快到了退休年龄"……即,怀疑其偿还能力。不过,玛丽很快找到了一个放高利贷的人,借款可以用她做教师的薪水来慢慢偿还。

玛格丽特记得,母亲亲口告诉她,借贷的事,不能让教育司的人知道。那显然是一个令全家羞愧不已的秘密。

从此之后,她的母亲不得不又重回学校教书,教钢琴,去影院上班。在幽黑岩洞一样的影院里,画面流动着,母亲笔直地坐在角落里,弹奏着华尔兹。没有人想象得到,高傲的母亲会为了几个小钱,用她心中神圣的钢琴曲,给那些白人或有钱的越南人,延续他们的温软春梦。

而她挣到的所有的钱，都将用来组织工人修建堤坝，只为能早日偿还贷款，然后，拯救土地。而且，为了离土地更近，她又想方设法地变换工作地点——从永隆，到沙沥。到位于九龙河湾上游的沙沥去。

"堤坝由几百名因为一种突如其来的狂热希望而终于从上千年的麻木状态中苏醒的平原农民悉心构筑而成。然而，这些堤坝，在太平洋的海涛猛烈而根本性的冲击下，一夜之间竟然如纸牌搭的房子那样坍塌。"

在《抵挡太平洋的堤坝》一书中，玛格丽特如此回忆。堤坝修建好了，又坍塌了。之前，在修建堤坝是否有效的问题上，她的母亲从来没有咨询过任何一名技术人员，如她所说，"母亲想怎么做就怎么做，总是凭着超常和不受约束的逻辑思维想当然地办事情"。他们把百余名工人全部带到那里，在一家三口的亲自监督下，用了一个旱季才将堤坝修建成功。

借来的钱大部分花在了建造堤坝上。不幸的是，堤坝很快被海水冲上岸的稻蟹拱散，待到第二年涨潮之时，用松土筑成的堤坝，早已经不起太平洋的一个浪头。除了不断被潮水冲上岸的动物死尸外，他们颗粒无收。

但是，对于土地，倔强的母亲依然没有放弃。对于堤坝，她也没有善罢甘休。"显而易见，大家不会只修建堤坝而不加固堤坝，我母亲十分清楚这个道理"，听说用方形红树桩放在坡地上可以起到加固的作用，玛丽便带领工人们立即采取了行动。可随后的结果并没有想象的那么有效,在一季的水稻即将喜获丰收之时,潮汐又一次无情地光顾了稻田。从希望的顶点落下,他们终于血本无归。

一切化为泡影。那个可怜的母亲差点儿昏死过去。"大家都认为她活不了多长时间了",一再的打击,让她的身体每况愈下。绝望、伤心、愤怒,也都在折磨着她。堤坝坍陷后,她的怒气越来越大,成日一副义愤填膺的样子,旁人是不能平静地提及该事的。

她去找政府理论,声泪俱下地控诉——为了这块土地……我牺牲了自己的一切,甚至做到了孤情寡欲……我用了我多年奉献青春省吃俭用积攒下来的积蓄,从你那里换来的是什么样的东西呢?一片浸泡在盐水里的荒滩。你们让我把我的钱留在你们那里……我用信封装着钱,很虔诚地把钱给你们送去,这是我所有的钱。

玛格丽特将母亲的不幸归结为一种"天真的行为",即相信政府。当时的越南,从地籍署到殖民地行政部门的所有办事人员都在收黑钱,公务员从上到下都收佣金,殖民者贪婪成性,因此,什么控诉什么抱怨都会被长久搁置,长久到耗尽生命。最后的结果都一样,都将石沉大海,连一个气泡都冒不起来。所以,玛丽直到去世,也没能讨回公道。

购置土地,获得财富,她本以为是她后半生的全部希望——能够依靠土地避免再次经受命运与男人的打击,却不承想,成了将她逼至绝境的最大苦难。生命成了一场漫长的熬煎,她竟为此倾家荡产,还带着极度的病痛。

"她患有两三种癫痫病,使得她常常昏迷,不省人事,有时候会持续一整天。母亲的病痛使仆人们既害怕又忐忑不安,她每次一发作,仆人们就威胁要走,他们担心没有人给他们工钱,于是都围在茅屋边或坐在屋外的陡坡上。我和我哥哥不时地出去告诉他们,即使我母亲不在了,我哥哥发誓会把他们毫不含糊地带回越南,并付给他们工钱。我说过,那时候,我哥哥只有十三岁,他是我遇到过的十分勇敢的男孩子。他不仅尽力地安慰我,还说服我不要在下人面前落泪。而事实上,当太阳消失在象山后的峡谷之中时,我母亲又恢复了知觉。这些症状很特别,没有丝毫的征兆。而我母亲在第二天又像往常一样做着她的工作。"

暹罗湾的夕阳,夕阳下的母亲,母亲涌起皱纹的脸,脸上痛苦而绝望的表情……母亲终于平静下来,却像是被封闭起来一般。一切都被十多岁的玛格丽特看在眼里。堤坝一再坍塌,土地不能耕种,围海造堤的打算也只好暂时放弃。

母亲在那里分明没有什么事情可做,但还是一去再去。我的小哥哥和我,同她一起住在前廊里,空空张望着面前的森林。现在我们已经长大,再也不到水渠里去洗澡了。也不到河口沼泽地去猎黑豹了,森林也不去了,种胡椒的小村子也不去了。我们周围的一切都长大了。小孩儿都看不见了,骑在水牛背上或别处的小孩儿都看不到了。人们身上似乎都沾染了某种古怪的特征，我们也是这样，我母亲身上那种疏懒迟钝，在我们身上也出现了。在这个地方，人们什么都不知道，只是张望着森林，空空等待，哭泣。

——《情人》

玛格丽特和小哥哥，作为孩子，年华赋予了他们无比的英勇，但现实却毫无希望可言。与潮水斗争是没有用的。修复，坍塌，再修复，再坍塌。刚刚长出来的庄稼，青翠旺盛，却注定要遭遇灾难。

在平屋前廊狭长的阴影中，听着野狗的吠声，他们空空地望着暹罗山的森林出神。空空地等待，空空地哭泣。凉风吹拂，视线延伸处，被阳光照耀的山脉莽莽苍苍，不远处的海水也波光可鉴，河面上停着水牛，茅屋从茂密的香蕉林中探头而出，纯洁的蓝色天空下，周遭风景分明清秀如画，而生活的面貌为何如此老朽不堪。在1928年新学期开始时，玛丽·多纳迪厄如期成为沙沥女子学校的校长。她终于脱离了永隆，那个令她羞耻的流放之地。

是年，玛格丽特的大哥皮埃尔也从法国赶了回来。心爱的儿子回到身边，母亲出现了难得的振奋。几年前，这对母子曾因为要分离，相拥在一起哭泣，悲痛欲绝。此时，为逃离窘迫的现况，更为了儿子的将来，母亲必须振作。

可这一切都是因为大哥的到来，因为那个她深深痛恨的人，他占有着母亲所有的、盲目的、可耻的爱。仿佛没有任何东西可以将他们分开，而她和最爱的小哥哥，却被这种母爱驱逐在外。

　　在我写的关于我的童年的书里，什么避开不讲，什么是我讲的，一下我也说不清。我相信对于我们母亲的爱一定是讲过的，但对她的恨，以及家里人彼此之间的爱讲过没有我就不知道了。不过，在讲述这共同的关于毁灭和死亡的故事里，不论是在什么情况下，不论是在爱或是在恨的情况下都是一样的。总之，就是关于这一家人的故事，其中也有恨，这恨可怕极了，对这恨，我不懂，至今我也不能理解，这恨就隐藏在我的血肉深处，就像刚刚出世只有一天的婴儿那样盲目。恨之所在，就是沉默据以开始的门槛。只有沉默可以从中通过，对我这一生来说，这是绵绵久远的苦役。

——《情人》

　　生命犹如苦役，任何意志都无济于事。家庭的故事，也没有结束。那些顽石一般的爱恨，笔尖无法清算，时间同样无法冲洗。
　　不久后，玛格丽特就随同母亲搬到了沙沥。通往百鸟平原的道路在脚下渐渐远去，灯草川的道路在脚下慢慢延伸……沙沥，也成为继西贡市、河内、永隆后，玛格丽特在越南居住的又一个地点。时间在那里停留，在孤苦中松弛，在哀伤中紧致，在悄然完成对成长的探寻后，继而以永固的形式流入记忆，将近四年。

第二章
毁灭吧,她说

堤岸的情人,对这个正当青春期的小小白种女人一厢情愿甚至为之着迷。他每天夜晚从她那里得到的欢乐要他拿出他的时间、他的生命相抵。

西贡市国立中学的少女

"我习惯低着头走路,似乎无尽的羞耻和万般的无奈使我化妆的面孔显得十分苍老。"

这是玛格丽特记忆中十四岁的自己。1928年,十四岁的玛格丽特被母亲送往西贡市的沙瑟卢·洛巴国立中学读书,从此开启了她人生中的一段奇异之旅。

"她会以在堤坝和房屋建造中的热情完全投入到她的学习中去的",开学前,母亲如此与亲爱的大儿子说道。语气中带着些嘲讽,却又透着一股绝望的狠劲。诚然,玛格丽特的母亲否定掉一切,也不能否定的是,她的女儿的确很聪明这一事实。或许,这样的事实有天还能满足她的希望。而去学校学习,将直接决定女儿的前程。是时身为沙沥女子学校校长的玛丽,一心希望小女儿能像自己一样,工工整整地完成学业,然后拿到教师资格证,成为一名务实的教师。

"母亲是一个小学教师,她希望她女儿读中学。对我来说也只有上中学。这样虽能使母亲满意,但并不能使女儿满足。"

那么令她满足的是什么呢？是的，写作。玛格丽特跟母亲说，她要写作。"写什么？"母亲不屑地问。"写所有那些东西。"她说。她知道，母亲是反对她写作的。母亲认为写作没有任何价值，不是工作，那是一种小孩子的想法。

我曾经回答她说，我在做其他一切事情之前首先想做的就是写书，此外什么都不做，什么都不做。她，她是妒忌的。她不回答，就那么看了我一眼，视线立刻转开，微微耸耸肩膀，她那种样子我是忘不了的。我可能第一个离家出走。我和她分开，她失去我，失去这个女儿，失去这个孩子，那是在几年之后，还要等几年。对那两个儿子，没有什么可忧虑的。但这个女儿，她知道，总有一天，时间一到，就非走不可。她法文考第一名。校长告诉她说：太太，你的女儿法文考第一名。我母亲什么也没有说，一句话也没有说，她并不满意，因为法文考第一的不是她的儿子……

——《情人》

母亲对大哥的偏心，她其实一直都是介意的。这种介意不时出现在她的文字里，仿佛在黑暗中生长的芒刺，旺盛、暴力、涂抹着罪孽的汁液。"我总是被人抛弃。"她说。温暖的母爱，正是她生命中最深刻的缺失。她为其所伤，一生难以释怀。所以，她渴望爱，比任何人都渴望爱。爱的饥饿感，滔滔如江河，她将一部分谋杀在文字里，一部分倾泻在情欲上，余下的，则用以自赎，或自溺。

"肮脏的人，我的母亲，我的爱"，那个给予她生命的女人，那个在她身上播种命运的女人，十四岁的她，显然已经得其诸多遗传——疯狂、孤独、暴戾，以及桀骜不驯的冒险精神……她抵触母亲，就如同抵触自己。这样的抵触挣扎于贫穷之中，便成了难以释怀的羞耻与无奈，带着自身对现状不可更改的愤怒。于是，她想脱离家庭，逃避忧伤与仇恨。她幻想着自己有朝一日可以出走。出走，过一种"不可能的生活"。流浪，投身于未知，投身于被禁止的一切，投身于与生俱来的欲望。

写作是一个充满欲望的词。去西贡市读书后，玛格丽特再次跟母亲提起写作之事。换来的，却是母亲的大声呵斥："考完数学再说。考完后，就与我无关了。"她再次在母亲脸上看到一种羞耻和恐惧。然而时年匆匆，儿时的疑惑，早已转化成了今时的叛逆。她与母亲对视的眼神，凌厉而悲哀的眼神——已经替她提前说出了那句话："如果我不是一个作家，会是个妓女。"

玛格丽特说，写作，就是写世界的尸体，写爱情死亡的尸体。

"对那种危险的爱好，已经在我身上扎根"，她的写作，是野性难驯的，对危险的迷恋与探寻，无止无境。越是禁忌，越是能吸引她。灵魂被文字引入万劫的深渊，肉身却被文字的光芒照亮。她写在文字中磨损的精神与躯壳。写作是一种仪式，是一切信仰的事。写作是她的国度，她是那里至高无上的君王。用词语杀人，毁灭时间，苍老世界。让苦难与情欲，穿越生死，抵达永恒不朽。

苦难、情欲，也是殖民地的代表词。所以，当玛格丽特写作时，意识到自己必须写作时，她总会想起深植于心的两个人物形象。一个是在湄公河流浪的女乞丐，一个则是美艳神秘的总督夫人。

"遗弃自己孩子的秃头女乞丐来到了我们越南的家，她重新出现在差不多我创作的所有书中。她是带着她的小宝宝来的，那是个两岁的小女孩，看上去像半岁那么大，孩子当时正闹蛔虫病……"

——晚年时，玛格丽特面对镜头，如此回忆道。在深夜寂静的街道上，女乞丐追逐着她，边跑边笑，发出飞鸟一般的叫声。她怕极了，想呼救，却发不出声音，就像梦魇一样；在湄公河畔，女乞丐衣不蔽体地吃着渔民丢弃在岸边的生鱼，咧着血腥的嘴唇，宛若品尝人间至味。那个来自马德望的异乡人，一直在漂泊。乌瓦洲平原、永隆、沙沥、柬埔寨、暹罗、缅甸……长久跋涉。她睡在麻风病人中间，受尽凌辱，头发都掉光了，成了秃头。她非常瘦，瘦得像一具尸体。她未婚先孕，堕落，肮脏，深藏黏稠的沉重的记忆。她把自己的孩子送到玛格丽特家。两岁的孩子，骨瘦如柴，不能独立行走，因为长期的病痛和饥饿，不久便死去。

玛格丽特说，那真是一段恐惧的记忆。只要女乞丐用手触碰她的身体，她就会陷入比死还要严重的境地。可见，女乞丐在她心里，已经拥有了常人不具备的能力，甚至超越了死神，超出了她的理解与自身的力量。死亡不过一闭目，比死亡更恐怖的，是意识的裸裎相向,没有抵御,没有与之抗衡的等同因素,便只能陷入疯狂。

"我没见过安娜·玛丽·斯特雷特的面孔。我听过她说话的声音。我看见她的身体,尤其见过她走路的姿势,她穿着短裤去打网球时在花园里走路的姿势。我看见了她头发的颜色,是红棕色的,她的睫毛颜色比较淡,瞳孔的颜色在太阳下特别明亮,但面部轮廓、面部表情,我却没看见。"

安娜·玛丽·斯特雷特,一个在《情人》《劳儿之劫》《印度之歌》中都出现过的女人。七十二岁时的玛格丽特回忆起昔日的她,依然像是昨天发生的事情。在丛林驿站外的白人居住区,午休时分,河流沉睡,金凤花盛开的大道上也罕有人迹,而安娜·玛丽·斯特雷特,开着黑色的豪华轿车,在一个少女的目光里疾驰而过,就像一具隐藏秘密的棺材,疾速地消失于人间。

她是总督的夫人,有着一对女儿,有着玉骨冰肌一样的高傲肤色,据说,还有着好几个情人。而当时,一桩与安娜·玛丽相关的香艳情事,正在西贡市那片泽国上,隐秘地蔓延着。

有人为她自杀了。为安娜·玛丽的美貌与风情而自毁生命。于是有版本流传:安娜·玛丽和丈夫、孩子住在西贡市境内的一个哨卡,还有一名为她服务的年轻俊美的大夫。大夫为她自杀,因为在最后约定一起走的那刻,她改变主意不跟他走了。

"我记得产生在我这个孩子身上的是种什么样的兴奋,那是获得我不能获得的消息的那种兴奋。这是不能对任何人讲的,对我母亲也不能讲。我知道,我母亲在这一点上对她的孩子们说了谎。"

原来有人可以为情自杀,为一个女人。这样的感知,无疑就像一个秘密信号,对玛格丽特产生了巨大的冲击。她与安娜·玛丽有着迥异的身份,却都有着与周围人群轻易区分的相通的气息。对道德的憎恶之意,对情爱的掌控之心。一切都来源于神秘不可知的欲望。为此,她感觉到兴奋。

"这个消息只能我一个人知道。从此以后,那个女的,安娜·玛丽·斯特雷特——就成了我心底的一个秘密……她在我心目中早就具有双重能力,一个是死神的能力,一个是平常的力量。她抚养孩子,她是总督的妻子,她打网球,她招待亲朋好友,她外出散步,等等。后来,她真具有了死神的能力,也就是具有了去死的能力,具有挑衅死亡的能力……有时候我在想,我写东西是因为她。"

写东西是因为她。当玛格丽特明白女人——明白女人即是苦难、恐惧、欲望与死亡结合的对象时,书写与文字,显然成了某种力量的引导者与承载者,成了一种在辽阔无际的沼泽地里遥望险恶天际时的自我迷失。如同幼年时内心并存的欢愉和痛楚,将随着时间漫过外在的真实,将承受转化为吸纳,从而获得开启幻境的秘钥。所以她说:"越写,我就越不存在。"

"我所爱的母亲,她那一身装束简直不可思议。穿着阿杜补过的线袜,即使在热带她也认为身为学校校长就非穿袜子不可。

她的衣衫看上去真可怜，不像样，阿杜补了又补……她的鞋，都穿坏了，走起路来歪着两只脚，真伤脑筋。她头发紧紧地梳成一个中国女人似的发髻。她那副样子看了真叫我们丢脸，她走过我们中学前面的大街，真叫我难为情，当她乘B12路在中学门前下车时，所有的人都为之侧目，她呢，她一无所知，都看不见……她说：你是不是要逃走呀。打定主意，下定决心，不分昼夜，就是这个意念。不要求取得什么，只求从当前的处境中脱身而去。"

时值十四岁的玛格丽特是宁愿自己不存在的，以逃离的姿态。尤其，是母亲从沙沥来学校的时候。穿着落后的母亲，令她异常难堪——家境的窘迫，就那般赤裸裸地全都写在了母亲的穿着上，她感觉到了无处可藏的耻辱，还有伤害。

对于彼时的家庭，玛格丽特回忆说，"已经不抱任何幻想"。大哥吸食鸦片，日复一日，债台高筑。家庭的收入勉强只够维持生活，还要每个月将仅有的首饰悄悄地卖给当地的珠宝店来偿还修建堤坝时所借下的高利贷。母亲歇斯底里地发泄怨气。回家时，母亲用棍子打她，大哥用拳头打她，将一个又一个肮脏的词，暴力地安置在她的身上——"那些单词，肮脏的音韵一下子给我留下了印象。"小哥哥则一心想成为越南最勇敢的猎手。从十四岁开始，就在象山打猎，直到二十一岁他已经猎捕到十二只老虎和一只黑豹。小哥哥爱她，不上烟馆，却在学业上一无所成。

因为贫困而痛苦，还要悲惨地将一切极力隐藏起来。给玛格丽特留下深刻印象的，还有每次要债的人来到时，母亲那种绝望而羞耻的眼神——她低低地哭着,央求他们走,连哭,都不敢太大声……之后还要一字一句地告诫女儿:"如果让人知道,我们就会颜面尽失。"

刚进沙瑟卢·洛巴中学时,玛格丽特寄宿在一个叫 C 小姐的人家里。因为收留了玛格丽特,每个月 C 小姐都可以得到其母亲四分之一的工资。也只有 C 小姐知道她的母亲是小学教师。"C 小姐愿意接纳我,是因为我母亲的声誉很好又十分健谈……作为当地小学教师的女儿,我在学校里受尽了羞辱。"

C 小姐是个老小姐,常常习惯性地在星期天一丝不挂地站在玛格丽特面前,让她仔仔细细地检查她的乳房,并将其视为一种信任与优待。玛格丽特记得,窗外的阳光照在她对面的干枯的肉体上,而那肉体中的灵魂,正在少女的目光中享受着,像沉潜在一份神圣的鲜活的爱情里。

多年后,玛格丽特在她的短篇小说《巨蟒》中,写到 C 小姐,即巴尔贝小姐,就像一条水猎狗,一个近乎残暴的暴露癖,却终被自己的遗恨吞食。仿佛时间过去,也只有饱含墨水在纸上行走的凌厉笔尖,才能带给她洗刷昔日耻辱记忆的快感。

而在学校里,除了超强的写作能力外,玛格丽特的学习成绩都不太理想。她回忆说,"我十分清楚地记得这一切,在班上,我明显地显得没有其他大多数同学机灵,并非是我不聪明,而是不知道怎么学习,没有产生任何的学习兴趣,也没有学习方法。只有数学例外,它让我着迷,但上到一年级时,就和其他功课成绩一样，我的数学也名落孙山……"

带着自我嘲讽意味的记忆，依然不失傲慢的成分。她称自己在学校里受尽了羞辱，因为母亲低下的社会地位。而她清晰地看见自己的影子附着在母亲身上，无可奈何地成为必须正视的部分。是的，彼时，哪怕是陷入自己臆想的羞耻感里，她也会与之对峙，画地为牢。

在中学里，玛格丽特没有朋友，她反感班上的女同学，也不喜欢大部分男同学。后来，她的母亲把她从 C 小姐家接走，安排在政府寄宿公寓住下，因为可以享受到奖学金。她记得，那座公寓的灯泡是挂在树上的，到了晚上，整座楼房都灯火通明。盛烈的灯光，将树枝与建筑物的阴影都隔离在远处的黑暗中，在那里，学生们没有统一的作息时间，他们打牌唱歌，也看管理员的脸色行事。但玛格丽特依然不合群，她说："我简直成了女管理员和大部分学生眼中的怪物。其他同学很讨人喜欢，而我则令人讨厌……"

是时，十四岁的她已经懂得如何用傲慢与凶神恶煞来武装自己，隔离自己——以求将外界的伤害降至最低。尽管那种武装与隔离，让她感到十分痛苦，但她依然不会对任何人献殷勤。温柔与殷勤，对她而言，就像是一片陌生的土地，她始终不愿涉足半步。在走进中学之前，她从来没有与法国女孩子有过交往，当她走进西贡市的白人社会时，感觉所谓的温柔和殷勤，只不过是贵族特权中的一部分。她不想改变自己，直言跟同学们握手是一件令人难堪的苦差事。"我生来就不会这一套",言语之中,充满了野性的不屑。

当时,几乎每个法国人都有自己的轿车,而她,一个漂亮的白人姑娘,却要在街上走路,烈日下孤单的影子,刺疼眼睛。

"我习惯低着头走路,似乎无尽的羞耻和万般的无奈使我化妆的面孔显得十分苍老。我十四岁了,穿的连衣裙搭在膝盖上,乳房隆起,戴着男式绿毡帽,身穿兰花色连衣裙,脚蹬彩色皮鞋,手提一个小皮包。"

对于周围的窥视与议论,她觉得很不自在。显而易见的贫穷,让她与生活格格不入。无力改变现状,心里局促不安,她骄傲,又自卑,敏感,又自伤。"像进入地狱那样苦不堪言。"她咬牙切齿地说,仿佛晾晒一种沉积成疾的怨恨。

看十四岁的玛格丽特在越南东海河边留下的照片,画面有些朦胧,却有一种独具感召力的孤独与沉静。忧郁的少女穿着白裙,提着黑色的皮包,站在一截枯木旁边,微微隆起的胸部,撑起年华的美好与羞涩。河水温柔地包围着丛林,一路失去声响。她置身于岛屿深处,也跟着失去表情。只剩下被数字禁锢的年龄,在压抑与放任的双重力量中漫过少年心事,等待着时光与文字的回溯,等待着它们,在更大的欲望与力量中归来。

女人的美，是一种奥秘

"这样一个戴呢帽的小姑娘，伫立在泥泞的河水的闪光之中，在渡船的甲板上孤零零一个人，臂肘支在船舷上。"

这是电影《情人》里最经典的镜头。一个关于邂逅与离别的故事，一段至死难忘的个人历史，都是由这个镜头开始。

彼时，1929 年，玛格丽特十五岁半。

"那是在湄公河的轮渡上。在整个渡河过程中，那形象一直持续着。"镜头里的那个形象成全了她诉说的欲望，也成为她创作的源泉。就像一张暗房里的底片，在密封半个世纪后，才被文字与记忆洗晒，大白于日光之下。谁用苍老的手指掸一掸时间的尘灰，就会不自知地迷蒙了眼睛。

所以我们相信，作品远比生活更真实。她说："如果我这样写出来了，那是因为这是真的……让我对您说：我十五岁半。"

那一日，十五岁半的玛格丽特，梳了两条辫子挂在身前。她已经敷粉了，用的是母亲的托卡隆香脂，为了掩盖双颊的雀斑。暗红色的口红，涂抹在两瓣嘴唇上，不均匀，却有一种野艳动人的光彩。她穿的是一条丝缎裙子。裙子是茶褐色的，宽松，无袖，开领很低，是母亲穿过的，也很旧，磨损得近乎透明。但是，她在腰上扎了一根皮带——不知道是哪一个哥哥的皮带，裙子就立即变得相宜起来。腰部显露出来了，少女的风情也显露出来了。她穿的是一双镶有金条带的鞋，高跟鞋，可以更好地衬托身体的曲线。尽管那双鞋子有些旧了，鞋跟都磨歪了，鞋尖上还沾着泥灰。

最重要的是那顶帽子。她戴着一顶帽子，一顶平檐的男帽，玫瑰木色的、有黑色宽饰带的呢帽。"她戴了这样的帽子，那形象确乎暧昧不明，模棱两可。"在当时的殖民地，没有女性会戴那样的帽子的。但她戴了。戴上去之后，她的美丽便有了奇异的感觉。一下就换了一个模样，把身体里的个性和野性都释放出来了，有一种独特的迷人之处。仿佛可以弥补时间的缺陷，让她随之找到归属感。

湄公河的轮渡上。她从沙沥去西贡市。两个地点之间，是冲走一切的河流，是泥浆，是动物残骸，是母亲不得自救的苦难。

她趴在渡船的栏杆上，翘起一只脚，看着殖民地的阳光就那般一览无余地照射在河水里。她脚下的湄公河，穿过柬埔寨的森林，犹如世纪之水倾泻而下，混沌、温热、凶猛、美丽，翻腾着内部的秘密，带着大地倾斜的影子，带着无数动物的亡魂、丛林的灰烬，还有不可探测的时间，寂静无息地流向汪洋，流向远天。马达声，犬吠声，稻田里耕牛叫唤的声音，在两岸此起彼伏。

风从河水中涨起来，吹过壮阔无垠的天空，也吹过少女身体里的河流——流淌着情欲初放的甜香的浩荡河流。而她脸上，没有一丝兵荒马乱的痕迹。

河风一下一下摆动起她的裙子，显示出尚未发育完整的乳尖的小小轮廓。还有一截纤长的脖颈。烈日之下，她就像一只在泥淖中伫足仰望的鹤，有些落寞，有些高傲，有些放纵，又有些不屑。好似所有的喧嚣都与她无关……她独立世间，又与世间绝缘。

她只是那样站在甲板上，等待着人生中未知的一幕戏开场。

"他是个中国人。一个高个子中国人。有中国北方人白皙的皮肤。他风度翩翩，温文尔雅，穿一套米灰色绸西服，一双西贡的青年银行家们穿的红棕色英国皮鞋。他望着她。"

他在看她。隔着蒙蒙的烟雾，日光打在他的身上，主角登场。如此，整个世界退至幕后，他只感觉到了她的存在。画面在滞重的空气中一寸一寸凝固，细微的声音落在心尖，清晰可闻。历史在幻觉中一瓣一瓣打开，凄美动人的模样，宛若杜撰。

"那顶浅红色的男帽形成这里的全部景色。是这里唯一仅有的色彩。"

他看着她。看着戴一顶玫瑰木色男式呢帽的她，一个十五六岁的异国少女。看着霞光慢慢降临在她身上，反射出一种潜藏的微芒。她落魄、贫穷，却拥有可以挥霍的青春，她放纵，孤独，却显露无路可逃的哀伤。她的美丽，有着不得直视又不可抗拒的吸引力，令他目眩。

于是，他走下车来。他抽着一支三五烟。慢慢地往她这边走过来。他有些胆怯。脸上的笑容不敢太明显。他拿出一支烟,请她吸。手有些轻微的打战。

"您抽烟吗?"她表示不抽。

"请原谅……在这里遇上您真是太意外了……"

她一直在等待着。以一种居高临下的姿态。在殖民地,对于路人的盯视与搭讪,她早已习以为常。但不论现实境况到达哪一种地步,在一个越南人的面前,她那身体里流淌的来自异国的血液,都足够让她居高临下。

而且,从他走下车来开始,她就看清了他的畏惧——他的目光,他的脚步,他抽烟的力度,他递烟时打战的手指,他说话的语气。

她问他:"您是谁?"他说:"我住在沙沥。"

"沙沥的什么地方?"他告诉她,他是从巴黎回来的。在法国留学了三年,几个月前才回到越南。他的老家在中国北方,一个叫抚顺的地方。他的父亲是地产界的商人,有很多很多的房子。他是家中独子,住在沙沥的一幢大别墅里,就在河岸边,有着镶嵌蓝瓷栏杆的阳台的房子。她看到了。在阳光下,闪闪发光的房子,淡淡的中国蓝。

她说话了,并向他提出问题。他终于得到了勇气。于是反问她:"那么你是从哪儿来?"

她说:"我是沙沥女子小学校校长的女儿。"

他微微一笑:"我从来没有在沙沥见到过你。你舍不得离开永隆？"

她回答："是的。我在西贡读书。但永隆有我最美好的东西。"

他继续寻找话题，语气小心谨慎，又好像是一种提醒和比对："在这渡船上，见到你真是不寻常。一大清早，一个像你这样的美丽的年轻姑娘，一个白人姑娘，竟坐在本地人的汽车上，真想不到。"她没有回应。

然后他把话题转向她的帽子。他说："你戴的这顶帽子很合适，十分相宜，是……别出心裁……一顶男帽，为什么不可以？你是这么美，随你怎样，都是可以的。"

她回过头来直视着他。她肆无忌惮地端详他的脸。还有他的穿着，他的轿车，他身上散发出来的欧洲花露水的芬芳，淡淡的鸦片味道，丝绸的味道，龙涎香的味道，文弱的男人的味道，中国的味道。

她想，他竟懂得欣赏她的美，她的个性，她的别出心裁。

他毕竟与殖民地的当地人有些不同。他们都有着或深或浅的好奇心和欲望，但他的好奇心和欲望俨然已经被修饰过了。

她明白这点，也明白女人有时就是喜欢那一层修饰。就像她早就注意到，女人美不美，不在衣着，不在化妆的技巧，也无关使用的香脂价钱是否昂贵，穿戴的首饰珠宝是否耀目……女人的美，是一种奥秘。

她知道女人的美在哪里，并懂得如何发挥和运用。成长中，她亲眼所见一些女人为情人枯守一生，一些女人在谣传中郁郁自尽,她们都是美的,却不懂得如何运用自己的美,也不懂得如何激发男人的欲念。

少女时代的她,就已经清楚地知道,欲念是性关系的直接媒介。没有其他可能。不用亲身体验,她就已经洞悉。也就像她早已明白,欲念只会臣服其激发者,对于男人,与其等待他,不如激发他;与其取悦他,不如征服他。

一支烟后,他对她说:"如果你愿意的话,我可以送你到西贡。"

她同意了。他叫司机把她的几件行李从当地人乱哄哄的汽车上拿下来,放到他的黑色利穆新汽车里去——莫里斯·莱奥·博来的汽车。

她上了黑色的小汽车。然而就在车门关上的那一刻,她看到了总督夫人——安娜·玛丽·斯特雷特。安娜·玛丽从汽车里走出,一袭华美的白衣,女神一般站在甲板上,眼神放荡纵横,又袅袅如孤烟……对于周遭的一切,她都视而不见。然后,她趴在轮渡的栏杆上,翘起一只脚,落寞地看着河水翻腾入海。

玛格丽特怔了一下。她仿佛看到了另一个自己,掌控着欲念,又不得不受欲念的驱使的自己。那个自己正以另一种面貌、另一个身份生活在世间,且离她如此之近,近得犹如幻觉。

恍惚中,一种强烈的悲戚之感涌上心头,她感到了前所未有的倦息。于时,河面上的光色也暗了下来,光线渐渐变得暗淡无力。一大片雾气弥漫开来,各种各样的声音被遮蔽,她突然就沉浸在蒙蒙的意识空间里,苦闷得不可自拔。

莱奥，莱奥

"从一开始，她就知道这里面总有着什么，就像这样，总有什么事发生了，也就是说，他已经落到她的掌握之中。"

黑色的利穆新轿车向西贡市驶去。一路穿过丛林、河流、稻田，以及长满风信子的矮小草垛。渐次变换的景色隔着透明的车窗渐次向后退去，退去，消失，抛下一路时间的残屑。纷纷扬扬的残屑，一些被风拉长，一些被风吞噬，一些被风遗忘。一些在风中留下污浊的影渍，涂抹着这个已经开场的故事，结局清晰。

从她决定上车的那刻开始，她就已经知道，自己的人生道路，必将因此变得不同。

在车上，清瘦的中国男人不停地转动着手上硕大的钻石戒指——试图以那个富贵逼人的象征，来压制内心潜藏的怯意与欲望。

他一直不敢看她——与他相距不过半尺之遥，贫穷而高傲的法国少女。于是，他拿出香烟来抽，试图缓解气氛的尴尬，或在华丽的烟雾中寻找到一个若隐若现的话题。

他问她:"刚才那女子是谁?"

她知道,他问的是安娜·玛丽·斯特雷特。她说:"她是斯特雷特夫人。永隆人叫她安玛斯。听说,有年轻人愿意为她赴汤蹈火……她也经常自己驾车,和来越南访问的老挝、柬埔寨的亲王们交往,对他们一视同仁。"她继续跟他说起安玛斯的传闻。说完,她突然为自己知道那么多而感到一阵不好意思。于是她对他嫣然一笑。

他也笑了。他轻轻问她:"这女人身上有什么东西让你这么着迷?"

她想了想,不再觉得不好意思。她说:"我想,也许是她的过去吧。"

他又问她:"你了解巴黎吗?"

她摇头。他开始自顾自地讲着,他在巴黎的学业,巴黎的纸醉金迷。然后,从成长的痕迹,到家中的境况。长篇大论里面透露出来的种种阔绰的情况。她听着,不说话,但听他这样讲,大概也可以看出那个开销是难以计数的。而那样的阔绰与开销,之于她,终究是镜花水月。

片刻之后,她开始望着窗外,说起话来。换上了一种很慎重的讲述的口吻:"这里,曾和大海连成一片,在地球出现生命之前,这里是海洋。后来农民向大海讨要土地,在硬土坡上把海围起来,多年后,雨水冲掉土壤中的盐分,岁月更迭,变成稻田……我就是在这里出生,还有哥哥们,在南部,母亲告诉了我们土地的历史。"

汽车继续前行。他们彼此都不再说话。车窗外是无际的天宇。还有笔直的公路,湄公河三角洲的稻田,像大海一样温柔起伏的稻田。光着上身的孩子们奔跑在炎热的流动的空气中,像鱼。太阳隐没在云翳中,车内的光线变得暧昧,半明半暗,让人昏昏欲睡的光线。

世界沉静下来了。

他靠在座椅上,闭上双眼,仿佛沉浸在一种美妙的气氛中。他的手搭在车座上。她看着他的手,一只中国男人的手,甚至可以忽略掉那只大戒指的手。她发现,自己迷上了他的手,挺瘦,朝向指甲的地方微微弯曲,有点像曾经折断过,留下让人怜爱的瘦和残疾,优雅得像一只死鸟的翅膀。

在车身摇晃的刹那,他们的手指碰到了一起。那是来自身体的最初交集。异域的异性气息,从温热的皮肤中蒸发出来,带着香烟的气味,丝绸的柔软。他仿佛睡着了。他不知道,她想将他的手带进夜夜睡梦。

她将他的手覆盖住自己的掌心,因为出汗,她感到他的手心有些凉意。单薄的手掌,赤裸的掌心。

然后,他醒来。或许,他根本没有睡熟。他顺势将她的手握在掌心,脸上露出童稚的笑容,说:"闭上眼睛。"

她顺从了。享受着他手掌的柔情。他的手抚摸着她的眼睛,她的脸,她的唇。带着她渴望已久的文弱的柔情。

他问她:"你多大了?"

她用中国人的说法回答他:"虚度二八。"

他微微一笑:"不是真话。"

"十五岁……十五岁半……行了吧?"

"行。"

不说话的时候,她的外表是静止的。心里却有丝丝忧伤。她正以生涩的年龄,老到地支配着一场情爱博弈。她观望着结局,可以预知,却无法改变。她为这种无法倾诉无法分享的孤独观望,感到深沉的哀伤。就像已经注定的双刃的命运——进,退,都不能回避伤痕。当然,她并无退却之心。

他去她的学校看她,黑色的轿车停在宿舍外面的马路上。穿着白色制服的越南司机,吸着昂贵纸烟的中国少爷,一切都为她而来。

上课的钟声悠长地敲响,她匆匆走近他的车,孤傲地直视他的脸。安静地与他对视。她闭目在车窗上印上一记鲜艳的唇印——仿佛是一种哀艳的小小挑逗,一种植入式的记忆。然后疾步离开。风吹起她的旧裙子,背影如纸鹤。那一刻,她深刻地知晓,这一生一世,无论流光如何汹涌,她的那个唇印,那个背影,他都必将至死不忘。

"莱奥是本地人,而穿衣打扮很法国化,他讲着一口流利的法语,他是从巴黎留学回来的……莱奥说我是一个漂亮姑娘……莱奥追求我,我真是感觉到受宠若惊。"暮年时,玛格丽特如此回忆道。

莱奥,玛格丽特喊他莱奥,那个富有而潇洒的中国情人。她与莱奥交往,唯恐天下不知,又害怕家人知道。如果她只是一个普通的本地姑娘,找一个富贵公子当男朋友,在学校自然是赢回了天大的面子。但她不是,她是法国人,一个有着纯正法兰西殖民者血统的白人少女。

尤其是母亲,她知道,在母亲心里,她女儿的情人是一个中国人的事实——即便他非常有钱,也远比她因堤坝毁坏造成的衰败更为严重,更为不堪。

莱奥每天都去找玛格丽特,送她去上课,送她回宿舍,带她到城里最讲究的地方吃饭用餐。黑色的豪华汽车穿过繁忙的西贡市街道,穿过人们的议论,以及各种各样的目光。

从此之后,她再也不用挤在乱哄哄的客车中,与当地人以及他们携带的鸡鸭一起度过行程了。可是,那是一种获得,也是一种舍弃。中国情人所带来的一切,令她感到了前所未有的快意,沙沥的家庭与世间的人事,又不得不令她隐生身不由己的恨意。

"后来,有一次,星期四下午,他到宿舍来了。他带她坐车走了。"

那天下午有一段较长的休息时间。时间还早。住在寄宿学校的女学生被规定下午休息散步,她逃脱了。光着脚从宿舍里跑出来,手里提着一双破旧不堪的鞋。她跟随她的中国情人,去了堤岸。

汽车朝着连接西贡市中心地带的大马路相反的方向极速行驶

着。电车、人力车、汽车在窗外川流不息。两公里的距离,形同光年之远。她孤独无言地坐在车座上,沉浸于心底的暗涌之河——那一处他无法抵达的幽谧之所,表情平静,眼神虚空,犹如苍苍老者。

堤岸。熙熙攘攘的大街,充满了中国风情。一种不可替代的中国式喧嚣。茶叶的气味、丝绸的气味、浓汤的气味、熏肉的气味、灰尘的气味、煤炭的气味……中国人皮肤上汗水蒸腾的气味,甜的、涩的、野性的气味。

仿佛梦境深处的旧物晾晒在午后的日光之下,她将意识深埋于那久远而临近、阴郁又温暖、熟悉且迷恋的气息当中,迎合着儿时的记忆,纷至沓来。

肌肤有一种五色缤纷的温馨

"他说他是孤独一个人，再就是对她的爱，这真是冷酷无情的事。她对他说，她也是孤独一个人。"

汽车在堤岸长街上缓缓游行，一路向南，最终驶入一片闹市区的腹地。他带她来到房间。那是他无数房子中的一个单间公寓。门吱呀打开，一些在街上游荡的灰尘闪身而入。门复又吱呀关闭，室内的光线便重新变得幽暗浓稠，接近于油画的滞重色彩。

于是，她在深沉的记忆中醒来，开始环顾四周。房间沉浸在城市之内。现代化的房间，现代化的家具，速成式的室内陈设。或许，这里也经历过无数次速成式的爱情。洁白的床单，弥漫着过期的情欲的味道。从百叶窗里透进来的瘦长光线打在地板上，一道一道浮尘隐秘地或碰撞，或飞舞，一如身体里滋生的欲念，或激烈，或茫然，却不明确，不自知。

但她清楚地感觉到，一切的势所必然，一切的处境情势，都与她最初的期望相合了。她也明白，接下来会发生什么，要发生什么。

譬如他，他在颤抖着。从进入房间开始，他就一直在看着她，这个比他小整整十二岁的异国少女。他在等她说话。可是她什么也没有说。

这样的等待无疑是一种强烈的精神消耗。她看起来那样大胆野性，却又那样老成冷漠。他渐渐感觉到气馁。

他坐下来，显得有些僵硬。她知道，通常在男女感情中，不行动，才能占据主动。换言之，如果爱情是一场战争，那么输的一定是早早动心的那个人。

一霎间，她便恍然明白——久经风月战场的他，竟有着没有恋爱经验的她不曾有过的浅于世故和情念天真。那样的天真，或许是为她而保留。而她，从不曾拥有过，无论从前，现在，未来。她知道，永远也不会有了。那是一种过早的认清，令人无端地衰老。她有些颓然，有些庆幸，又有些悲哀。继而是窥视他紧张之后的怜悯之心，在身体里庄重地蔓延开来，一寸，一寸，蓬勃生长。

沉默之后，他说他爱她。爱她，爱到疯狂。以压抑的颓废的低沉语气说出来。他说："我爱你。"

"我爱你。"她听到这样三个字，还是震惊了。彼时，她已经开始看戴利的《玛嘉利》了。她曾坦言，那本书她看了不下五十遍。在那本书中，"我爱你"三个字只说过一次。她在思索，情欲与语言之间的某种关系，牢不可破的绳索一般的关系。对象其实无足轻重。但那句话，那三个字，在那样的境况下说出……第一次……她无法压制内心那种难言的动荡。

她望向他，自己也不知道为什么，会突然童心萌动。她取下帽子，又甩掉鞋子，也不去捡起来。她站在电扇下，风吹起她的头发，她的裙子，享受他的目光与风的凉意。

他打量着她，说："真奇怪……你竟让我喜欢到这个程度……"她沉默。她认定他说的是真的，没有撒谎。她从他的眼睛里看出来了，他内心对自己的胆怯和喜悦。

半晌，她对他说："如果可以，我宁愿你不要爱我。即便是爱我，我也宁愿你能像对别的女人那样对待我。在这个房间里，不要有负担。"

他看着她，显得很讶异。然后，他希望能确认一遍："你真愿意这样吗？"

她将表情隐入眼眸的朝雾之中，清晰地回答他："是的。"

这样的确认瞬间就令他痛苦不堪了起来。有功败垂成之感。在这个房间，作为第一次，在这一点上，他不能说谎。在她面前，他俨然已经失去了说谎的契机与能力。所以他只能选择直截了当地告诉她，他已经知道，她不会爱他。

她听他说下去。开始，她说她不知道。后来，她干脆久久沉默。将语言交还与他。

他对她说："我很孤独。犹如对你的爱，皆是残酷之事。"

她说："我也是孤独一人。"还有什么呢？为什么呢？一句话后，她都没有再讲。她认为并不需要解释给他听。

他问她："你跟我到这里来，若是换成另外一个人，你也会一样是不是？"

她回答说，这点她无法知道，因为她还从来没有跟什么人到过一个房间里。然后，她对他说，她不希望他只是和她说话，她要的是，他带女人到他公寓来习惯上怎么办就怎么办。她要他照那样去做。

　　语言被欲念替代。怜悯是一种毁灭的柔情，在肌肤上，唱起靡靡之音。是的，他知道，站在他面前的十五岁少女，她要的只是——情欲。

　　情欲，情欲。情欲是什么？是荷尔蒙因子的战争，还是对孤独的信仰，或救赎？小小的房间，犹如孤岛上的幽闭之城，他们站在其中，目睹肉体的温暖，被盛烈而哀伤的情欲照亮，散发出万般馥郁的光芒，之后，箭镞纷飞地刺破每一道呼吸。

　　"他坐下来，她站在他面前，低垂着眼帘。他掀起她的裙子的下摆，帮她脱了下来。然后他褪下女孩的白棉三角裤。他把连衣裙和三角裤都丢在扶手椅上。他挪开她遮在身上的双手，望着她的胴体。"

　　他看着她的胴体。然后用他优雅的手轻轻抚摸她。闭上眼睛，像一个虔诚又安详的盲人。手的力量很轻很轻，那种力量透过皮肤，落在她身体上，流经尚未完全隆起的乳房，还有孩子一样的腹部，还有她的手，沾着墨迹的写作业的手……轻轻地，像雨。

　　然后，他开始哭泣。

　　她打开眼睛望着他。把他的手捧起来，在唇边吻着。

　　她解开了他的扣子。

玛格丽特说，肌肤有一种五彩缤纷的温馨。那样的温馨令她沉迷。于是她看见他黄金色的肌肤，丝绸一样光滑。东方男人的肌肤，没有浓密的毛发，散发着一种她从未接触过的气息。他没有强有力的臂弯，也没有刚硬的胡须，缺乏阳刚之气。呈现在她面前的肉体，是瘦弱的，绵软的，几乎没有肌肉……大病初愈后尚在调理之中的味道，沾染着古老的黄金丝绸的色彩，一切都是不曾认知的新奇。

她摩挲着他细致柔软的肌肤，像抚摸着一件易碎的瓷器。每一个地方，对每一寸纹理产生奇妙的欢悦与忧伤。他的躯体，真的与他的手一样精美，动人。她不去看他的脸。是时，面容已经可以忽略。因为，"在这一时刻到来之前，在渡船上，那形象就已经先期进到现在的这一瞬间。"

而他依然在哭泣，呻吟着，哭泣着，做着那样一件颓靡而庄重的事。他沉浸于欲念的快感中，偏又悲伤得不可自救。他为自己的心理与身体特征感到自卑与羞耻，同时又迷恋于和她在一起的每一时、每一刻、每一刹那、每一须臾。

情欲是大海，她沉游其中，被吸附，被托举，被无形的简单的无可比拟的力量引向极致之境。如是，无声无息地享受着，那样一种天生本能而无师自通的欢愉。

他带给她欢愉。在她冷寂的闭目安享里，他终于止息哭泣，突然变得强劲而有力，释放着温柔与胆战过后的阳刚与暴烈……那样的微微的疯狂，隐藏着孤注一掷的恨意与感伤。

吻在身体上，催人泪下

"那天，在那个房间里，流泪哭泣竟对过去、对未来都是一种安慰。"

他们躺在床上，看着房间里的光线又暗下去一层，便各自沉默不言。白日将尽，行人越来越多，外面的种种声响也即将趋向高潮。房间被持续不断的噪音包围，整个城市如同一列在老电影中隆隆穿行的火车，纷纭的光影人声中，房间即是其中的某一节车厢。列车带着震耳欲聋的喧嚣与声嘶力竭的忧戚，一声长鸣后，缓缓驶向空虚无尽的丛林。

她在浓密的暮色中闭上眼睛，感受着街上的各式气味渗入中国情人的皮肤，犹如重逢与造访。

焦糖的甜腻气味，炒花生在空气中飘荡的热香，中国菜汤的气味，烤肉的孜然香味，还有各种绿草的气息，茉莉的白色芳香，飞尘的气息，乳香的气息，烧炭发出的味道……炭火被装进竹制的篮子，沿街叫卖，烟雾随着身影和叫卖声一路飘荡，带来森林的莽莽气息，仿佛萦绕在偏僻村庄烟火交织的屋顶上。

那样的气息,也唯有那样的气息,能无数次地穿过童年记忆,将咫尺的现实转化为遥迢的梦境。一天,又一天。一个夜晚,又一个夜晚。

"过往行人熙熙攘攘。人影被百叶窗横条木规则地划成一条条的。木拖鞋声一下下敲得你头痛,声音刺耳,中国话说起来像是在吼叫,总让我想到沙漠上说的语言,一种难以想象的奇异的语言。"

木拖鞋的声音坚硬而笃定,夹杂着粗犷的凌乱的中国话,一下一下地敲打头皮,令人麻木。夕阳西下,黑夜赋予人们寻欢作乐的本能。一道透露微光的布窗帘,隔开床与外界。街道上传来西瓜、冰棍、茶水、瓜子的叫卖声。茫茫人海之上掠过无数的细微声响。错综的人影印在静止的窗帘上,以一种病理的美感和孤独,人们遥望着他们并不知道的存在,以及人体里流动的情欲与悲伤——那沙漠中寂寂不亡的源头。

恍惚之间,我看见他身上穿着一件黑色浴衣。他坐在那里,在喝威士忌,抽烟。他告诉我我刚才睡着了,他洗了一个澡。我刚才只是恍惚觉得有些睡意。他在矮矮的小桌上点起了一盏灯。我突然转念思忖这个人,他有他的习惯,相对来说,他大概经常到这个房间来,这个人大概和女人做爱不在少数,他这个人又总是胆小害怕,他大概用多和女人做爱的办法来制服恐惧。我告诉他我认为他有许多女人,我喜欢我有这样的想法,混在这些女人中间不分彼此,我喜欢我有这样的想法。我们互相对看着。我刚刚说的话,他理解,他心里明白。相互对视的目光这时发生了质变,猛然之间,变成虚伪的了,最后转向恶,归于死亡。

——《情人》

玛格丽特曾说,写作,即是写爱情的尸体,世界的尸体。在她笔下,身体里的爱情写出来,就是死亡。她笔下流淌出来的,只有爱情故事,没有爱情。爱情是黑暗的长河上浮动的一个光点,分明存在着,却一触即逝。而情欲,是水,是水状的,水性的,是与血液最为相亲的物质,占领着心里最大的疼痛与欢悦。现实之下,通常,它都比爱情更直接,更鲜活,更真实。

我们对看着。他抱着我的身体。他问我为什么要来。我说我应该来,我说这就好比是我应尽的责任。这是我第一次这样说话。我告诉他我有两个哥哥。我说我们没有钱,什么都没有。他认识我的大哥,他在当地鸦片烟馆遇到过他。我说我这个哥哥偷我母亲钱,偷了钱去吸鸦片,他还偷仆人的,我说烟馆老板时常找上门来向我母亲讨债。我还把修海堤的事讲给他听。我说我母亲快要死了,时间不会拖得很久。我说我母亲很快就要死了,也许和我今天发生的事有关联。

我觉得我又想要他。

——《情人》

他的目光在她诉说家庭境遇时变得柔软，有绕指的柔情，令她再次产生强烈的欲望。

在她面前，他是诱人的。身体里散发出好闻的英国香烟的气味，贵重的原料，有着独特的芳香和蜜的幽甜。还有皮肤，那令她欲罢不能的皮肤，迷恋的气息透露出来，带着柞丝绸的果香味，黄金的气味，在深沉的黄昏里，犹如惊涛骇浪的挽歌一般，产生冥冥的万劫不复的讯息。

她要求他拥抱自己。并把那种欲望告诉他。

我把我对他的这种欲望告诉他。他对我说再等一等。他只是说着话。他说从渡河开始，他就明白了，他知道我得到第一个情人后一定会是这样，他说我爱的是爱情，他说他早就知道，至于他，他说我把他骗了，所以像我这种人，随便遇到怎样一个男人我都是要骗的。他说，他本人就是这种不幸的证明。我对他说，他对我讲的这一切真叫我高兴。他变得十分粗鲁，他怀着绝望的心情，扑到我身上，咬我的胸，咬我不成形的孩子那样的乳房，他叫着，骂着。强烈的快乐使我闭上了眼睛。我想：他的脾气本是如此，在生活中他就是这样做的，也是这样爱的，如此而已。他那一双手，出色极了，真是内行极了。我真是太幸运了，很明显，那就好比是一种技艺，他的确有那种技艺，该怎么做，怎么说，他不自知,但行之无误,十分准确。他把我当作妓女,下流货,他说我是他唯一的爱,他当然应该那么说,就让他那么说吧。

——《情人》

她爱的是爱情,但她所凌驾的,所服从的,所热衷的,所为之疯狂绝望的,皆为情欲。唯有爱情,因为太过深爱,便无法轻易得到。

所以,即便她得遇无数情人,也将依然存有城堡一样的冷寂头脑与孤独之心。至于肉体,就且让其按照心里的意愿,去寻求,去索取,去身不由己,去将毁灭与痛苦的灰烬镀上耀眼的光芒,然后一切随着滔滔流水,在情欲的推动下,被洪峰冲决而去。

这里是悲痛的所在地,灾祸的现场。他要我告诉他我在想什么。我说我在想我的母亲,她要是知道这里的情况,她一定会把我杀掉。我见他挣扎了一下,动了一动。接着他说,说他知道我母亲将会怎么说,他说:廉耻丧尽。他说,如果已经结婚,再有那种意念决不可以容忍。我注意看着他。他也在看我,他对这种自尊心表示歉意。他说:我是一个中国人。我们笑了。我问他,像我们,总是这样悲戚忧伤,是不是常有的事。他说这是因为我们在白天最热的时候做爱。他说,事后总是要感到心慌害怕的。他笑着。他说:不管是真爱还是不爱,心里总要感到慌乱,总是害怕的。他说,到夜晚,就消失了,黑夜马上就要临。我对他说那不仅仅因为是白天,他错了。我说这种悲戚忧伤本来是我所期待的,我原本就在悲苦之中,它原本就由我而出。我说我永远是悲哀的。

——《情人》

一如情欲,她的悲哀也是与生俱来的,与生命与生活都难解难分。那样的一个房间,房间里的黄昏黑夜,都是她一直所期待的事情,与义务相关,与信念相承。而那样的悲哀与痛苦,既是沦亡在灾祸中的安乐,也是由母亲荒凉空虚的命运,艰难又自然地娩出的部分。

她的情人是一个中国人。这样的事实终有一天会大白于天下。

所以,当她母亲知道时,虽然没有真的把她杀掉,却也径自陷入了疯狂。那个可怜的母亲在疯病中感到了从未有过的恐惧,她觉得她的女儿正在遭遇一种极大的危险,且羞耻之至。嫁不出去,不能为社会所容,是一种实质性的毁灭。发病的时候,母亲会像野兽一样扑到女儿身上,在封闭的房间里,打她,掌掴她,甚至把她的衣服剥光,嗅她的内衣,检查她身上残留的中国男人的香水气味。然后尖叫、哀号、辱骂,说女儿就是一个妓女。

妓女。母亲骂她的时候,她一声不吭地承受着,她思索着那两个字的含义,他们眼中肮脏之至的一个词,里面所能容纳的所有讯息与神秘色彩。玛格丽特记得,通常,母亲最疯狂的时候,也是她最悲惨可怜的时候。她将命运的不公,人们的指责都归咎于孩子，如果不是孩子，她就不会过得那样沉重……

所以玛格丽特告诉母亲，她和莱奥在一起，只是为了他的钱。除此之外，不会有任何付出，从感情，到身体。

是的，她说谎了，她与中国情人所做之事，实实在在地关乎感情与身体，且是一种隐秘的报复，是一种出走和对血统的背叛，是以对自身的摧毁来完成对荒芜残缺的母爱的摧毁。

但是接吻，据她晚年回忆，她和莱奥的接吻，是经历了漫长的一个过程才得以适应的。

也是在车上，莱奥吻了她。她本能地推开了莱奥，反感得想从车上跳下去。平静下来后，她还一直往手帕上吐唾沫，清理他留在嘴唇上的味道与感觉。她直言，那种感觉像是被强暴。莱奥不知所措，便小心翼翼地问她，是我令你倒胃口吗？她哭起来，又依偎到他怀里："我很笨，因为这是我的第一次。"他抱着她，顿时万般心情涌上心头："你为何让我如此痛苦？"

吻在身体上，与吻在嘴唇上，是完全不同的两种概念。前者是欲念，后者是爱情。即便是时她小小年纪思想成熟得千帆过尽，可以流放自己的身体与情欲，也依然不能违背和驾驭忠实的内心。

"如果我这样写出来了，那是因为这是真的。"她不止一次地声明。幻觉与现实之于她，皆为同质同量的写作素材。而文字，却能在她笔下无限地忠实于幻觉，忠实于现实中不可获得的欢乐和痛苦，忠实于对时间的虚无慰藉。

"吻在身体上，催人泪下。也许有人说那是慰藉。"在家里她从来不哭。即便是在母亲和大哥的打骂之下。但那天在那个房间里,她流泪了。她跟他说起自己的母亲,说起对母亲的爱和恨。她告诉他,她的幼年,那个不幸的梦境。她的梦里只有母亲的贫困和绝望,梦不到圣诞树,永远只有母亲的冷漠,母亲喋喋不休的无辜、节俭、希望。

于是,她在哭泣中爱抚着情人的身体,在眼泪的温度中完成了对过去和未来的双向安慰。

欲望的潮水退至身体内部的海洋,城市的声音辗转于耳朵之上。百叶窗木条上的摩擦声,中国人从容低沉的脚步声,路灯发红的灯泡渐次亮起的声音,夜色缓缓降临的声音。温存后的凄凉。肉体狂欢后的空虚。那些声音穿行过房间,如潮汐涌动。情欲、时间、声音,仿佛都被远方的洪流收集,汇入无形的海洋,远远退去,又急急卷回,如此苍凉无尽地往复着。

"我问自己以后是不是还能记起这座房子。他对我说:好好看一看。我把这房子看了又看。我说这和随便哪里的房间没有什么两样。他对我说,是,是啊,永远都是这样。"

她看着他的面孔,想着经年之后,或许会忆起此时此地,曾这般忧伤地端详过他的脸。还有那刷得粉白的房间四壁,百叶窗上挂着的帆布窗帘,通向另一个房间和花园的另一扇有拱顶的门,白日之下有着蓝色栅栏的花园,被层层热浪烤焦了的花木芳香……

"我想我早就爱上了你,永远也不会把你忘记。"

法国民歌里的一句歌词突然浮现在她心上。

她轻轻地唱了出来。

歌谣爬进他的耳朵,他朝她莞尔一笑:"我在哪里听过呢,好像……在法国吧。"

譬如茫茫人世,在所经历的情节中,时间地点总比人物更值得让内心铭记永生。

是时身处堤岸公寓中的情人,哪怕有天他们忘却彼此的面容,彼此的名字,但始终无法忘怀的,必定会是那个炎热的下午,那个忧戚的黄昏,那个孤独的房间所容纳的无限哀荣。

我们不能停止相爱

"我们是情人。我们不能停止相爱。"

迷离的夜色中,白昼之光已经尽数沉没。他们从公寓里走出来,步行穿过杂沓的街道与各种各样生活的热气。昏弱的路灯照耀在她的暗红色唇膏上,凝结出时间的性状,透过身心的疲惫相看,竟是那般哀艳苍老。

在餐馆门口的落地镜前,她看到自己的样子。看到情欲对自己面容的永久性的损坏。

他揽住她的腰,也看着她。"你看起来累了……"

"不,不是因为累……我老了。你看我,我老了。"

他笑了。不知为何地笑了。仿佛是感觉到了一种奇特的幸福。

他带她去九层楼的中国饭店。她第一次听到那种中国独有的堂倌报菜和厨房呼应的吆喝声。他们坐在最清静的一层楼上——那个专门为西方人保留的贵宾席上,却戏剧性地坐着一个贫穷的西方少女与一个富有的中国男人。风扇吹起厚重的隔音帷幔,吹起窗外的红色灯笼,平台上中国乐队的奏乐声若隐若现地传进耳朵,现实的尴尬,让她感觉压抑。那样的压抑,又让她充满了冷静的暴力与忧伤。

餐桌上进行的话题断断续续。他用不够润滑的巴黎腔一搭一搭地说着话,谈及父亲的发迹史,谈及流行的瘟疫,谈及对巴黎的怀念与抵触,也谈及可怕的世事与时间。

她的话极少,闷头不语,以内心的孤清和荒芜,跟他话题里有意无意透露出来的讯息,防备着,对峙着。

他望着她,"真想不通,这样与你在一起,就想把你带走……"

"去哪儿?"

"中国。"

"中国……中国人……我不喜欢中国人……"

"我知道。"

她一边咀嚼食物,一边说:"如果被我家人知道,尤其是我大哥,我们会被杀死的。"

看着他慢慢僵硬的表情,她有些夸张地笑起来。接着,她做了个鬼脸,又说:"以你们的风俗,不是处子的姑娘,是找不到好人家的……是不是?我妈妈告诉我的。"

他将一段燃烧的烟蒂掐灭在盘子里,随即笑着告诉她:"是的,你妈妈说得对,破身之后,就代表着失贞,是不忠。不忠的姑娘,没有夫家肯接受她。"

她的笑容凝固在脸上,他却耸耸肩继续说,表情里浮动着懦弱的骄傲:"没办法的事。虽然很迂腐,虽然我也不喜欢。但我是个中国人，我的父辈亲人都是中国人，对不起。所以，即便我喜欢你，爱你，我们，也很难成为夫妻……"

她手中拿着中国的筷子，狼吞虎咽地笑着重复："正好。正好我不喜欢中国人。"

"在我们交往期间，前后有一年半时间，我们谈话的情形就像这样，我们是从来不谈自己的。自始我们就知道我们两个人共同的未来不可预料，当时我们根本不谈将来，我们的话题就像报纸上的新闻一样，内容相同，推理相逆。"

或许是他们一开始就知道不能天长地久，所以才那么畏惧谈及将来。将来是什么？将来就是分开。

"永恒"二字，在他们之间变得遥不可及，便注定只能当成记忆的前缀。是的，一对男女一生中如果有婚姻的可能，即便仅仅建立在金钱和欲望之上，若能在浩渺的流光里相安无事地保持一辈子，何尝不是一件完满和美之事，又何尝不是另一种永恒。

而当时，她和他的关系，除了"情人"之外，在已知或未知的未来里，已经失去了任何一个可能，注定是残缺无望的悲哀。

"我对他说我准备把他介绍给我家里的人，他竟想逃之夭夭，我就笑……他认为我周围所有的人无不在等待他前去求婚。他知道在我家人的眼里他是没有希望的，他知道对于我一家他只能是更加没有希望，结果只能是连我也失去。"

中国情人在堤岸请客吃饭。在最好的中国饭店，宴请多纳迪厄一家。

席间,她的两个哥哥大吃大嚼,表现出从未有过的世俗吃相,却对那个请客的人生出最大的鄙夷。他们不和他说话,不搭理他,也不正眼看他。两兄弟是时唯一的热情和兴趣,就是桌上堆积如山的美酒佳肴。

只有她母亲说话。她说些什么呢,说送上来的菜肴,说价格的昂贵……然后,昂贵的价钱把她噎着了,她一直不断地打嗝,大声地笑着,打着响亮的嗝。

他呢,起初还自告奋勇地试图讲一讲他在巴黎的一些故事,但他很快发现,那是失败的——很不幸,根本没有人会听他说什么,他们都对他视若无睹。包括她,与他一起度过欢愉下午的小小女人,也对这一切冷眼静观。

仿佛她已经达到了目的——她成功地向家人炫耀了她的情人,他富可敌国,哪怕他只是一个中国人,哪怕她只是为了钱和他在一起。也正因为他是一个中国人,她又成功地对家庭实施了反叛和攻击。当他在钱夹里抽出一叠大钞付账时,家人羡而不得的目光,将窘迫压制在自信之下的目光,令她产生异样的快慰。

"有我家人在场,我是不应该和他说话的。除非,对了,我代表我的家人向他发出什么信息……"

譬如,饭后,她的大哥皮埃尔提出来要去泉园喝酒跳舞。那是一个高档之所,是他平时可望而不可即的地方,他必须抓住这次免费的机会。

在舞会上,莱奥想与她单独待一会儿。他感觉到了一种从未有过的孤独。被离弃的孤独。而皮埃尔却在一旁以尖刻的声音决断地提醒着——她看到,在那种严阵以待的氛围下,瘦弱的中国情人很快妥协,眼神里则出现小哥哥常有的那种恐惧。

她也看到了他的孤独。她知道,那正是他们之间情感的萌生之所,不论是肉体,还是精神,与其都有维系。但是那一个夜晚,与家人在一起的时候,她将收起对他的所有的怜悯与渴望,成为一个冷酷的人,一个随时可以离开的人,一个永远遗弃他的人。

在我大哥面前,我已不称其为我的情人。他人虽在,但对我来说,他已经不复存在,什么也不是了。他成了烧毁了的废墟。我的意念只有屈从于我的大哥,他把我的情人远远丢在一边了。我每次看他们在一起,那情景我相信我绝对看不下去。我的情人那羸弱的身体完全被抹杀了,而他这种柔弱却曾经给我带来欢乐。他在我大哥面前简直成了见不得人的耻辱,成了不可外传的耻辱的起因。对我哥哥这种无声的命令我无力抗争。只有在涉及我的小哥哥的时候,我才有可能去对抗。牵涉到我的情人,我是无法和自己对立的。现在讲起这些事,我仿佛又看到那脸上浮现出来的虚伪,眼望别处心不在焉,心里转着别的心思,不过,依然可以看出来,轻轻咬紧牙关,心中恼怒,对这种卑鄙无耻强忍下去,仅仅为了在高价饭店吃一顿,这种情况看来应当是很自然的。

——《情人》

电影《情人》中演绎了泉园喝酒跳舞的一幕。喝醉酒的皮埃尔睁着通红的眼睛向莱奥挑衅。莱奥主动示弱,引起一片不怀好意的笑声。

她的情人被大哥羞辱,她选择沉默,任凭时间在无声的流动中迅疾地锈蚀。是的,她不会为他去与大哥对抗,因为在她心里,要去对抗的那种想法都不能成立。如果不是包裹着金钱,彼时中国男人的荏弱,暴晒在白人们的目光之下,必将是那样一文不值,就连与他同坐都觉得是一种羞耻。

她在那种难以忍受的羞耻感中起身,邀请小哥哥一起跳舞。音乐开始狂欢,在中国情人的注视下,他们亲昵地拥抱着。

她的母亲倚在椅子里,妆容已被疲惫融化,面部线条也随着臃肿的身线流逝了。

"我们在一起相处因为在原则上非活过这一生并为之深感耻辱不可。"玛格丽特在书中如此概括说。如是,他们憎恨生活,就像憎恨贫穷,憎恨自己。因为血缘而衍生的共同关系,便成了各自生命里最可憎的物质,无法摆脱,无法逃避。

"我们又到公寓去了。我们是情人。我们不能停止相爱。"

舞会散场之后,母亲与哥哥们返回沙沥,她则与他去了公寓。在那个陌生又熟悉的房间,在那个滚烫又哀凉的深夜,他将她粗暴地推倒在床上,用力掌掴她,在她身上任意撕咬,用对待一个妓女的方式对待她。他把那个晚上所遭受到的耻辱、鄙夷、漠视、伤害，全都化作令人窒息的强盛欲望，以接近死亡的姿态，与她报复一般地做爱，完成关于暴力、痛苦、绝望、破灭、爱与恨皆不得的发泄与纠缠。

而她从头至尾都不发一言，一边倔强地忍受着，也一边颓废地享受着。事后，她轻轻笑起来，笑声里充满了不屑，放纵的双腿在床边晃动着，像一朵凄艳动人的罂粟花。

她问他："你之前跟别的白人女子上过床吗？"

他说："在巴黎的时候有过，在这里从来没有，这里只有法国妓女。"

她低头笑了。

他突然扳过她的脸，让她直视他："说，你跟我说，你来这里只是为了我的钱。"

她说："我来这里只是为了你的钱。我妈妈说，我一次的价钱是五百皮阿斯特。"

他站起身来，从钱夹里一张一张地抽出五张大额纸币，恼怒地摔在她面前，然后瘫软在椅子里，痛苦不已。当赤裸的真相被和盘托出，通常比赤裸的身体更触目惊心。爱情是无力的，他可以抵达她的身体，却观望不了她的内心。当一场性爱沦为交易，说心比身体高贵，又还有什么神圣可言。

他在痛苦中感到可悲。而更可悲的是，他并不能终止这样的痛苦——他分明知道，她是为了钱和自己在一起，却依然迷恋于她，仿佛饮鸩止渴。

有时，我不回寄宿学校。我在他那里过夜，睡在他的身边。我不愿意睡在他的怀抱里，我不愿意睡在他的温暖之中。但是我和他睡在同一个房间，同一张床上。有时，我也不去上课。晚上我们到城里去吃饭。他给我洗澡，冲浴，给我擦身，给我冲水，他又是爱又是赞叹，他给我施脂敷粉，他给我穿衣，他爱我，赞美我。我是他一生中最最宠爱的。

——《情人》

他爱她，就像爱着情欲本身一样，皆有占据的性质，卑微的、不安的、惧怕的。他惧怕她遇到别的男人，惧怕她离开。也惧怕会因为事情的败露而被关进监牢——她毕竟年纪太轻。她不在乎地笑着，笑他那种战战兢兢的爱、战战兢兢的惧怕。

"他要我瞒住我的母亲，继续说谎，尤其不能让我大哥知道，不论对谁，都不许讲。他让我不说真话，继续说谎，隐瞒下去。我笑他胆小怕事。我对他说，母亲穷都穷死了，不会上诉法庭……即使这件事上诉法庭，同样也不会有着落，用不着害怕。"

母亲不会上诉法庭，是因为母亲已经认同了他们的关系。根本不需要隐瞒了。她的母亲已经自欺欺人地认为，女儿是为了钱才跟一个中国人在一起的，他们之间存在的，只有利益，所以当利益终止之时，一切也应当果断而干净地结束，不会有任何牵连。当然，在这种诱人的利益存在之时，能享受一天是一天。

不仅如此，她的母亲还亲自来到寄宿学校，要求校长同意女儿晚间自由行动，不要规定返校时间，也不要强迫周末的活动、集合和出外散步。

她看到母亲穿过空荡荡的操场，穿着旧皮鞋，戴着镶有黑纱的太阳帽，向校长办公室走去。母亲对校长说："这个小姑娘一向自由惯了，不是这样，她就会逃走。就是我，作为她的母亲，也拗不过她，我要留住她，那就得放她自由……小姑娘的学业，你不知道，她是我唯一剩下的希望了……"接着，她又听到，母亲向校长哭诉了丈夫的死、儿子的不成器，还有多年来的不公与孤立无助……

但是她知道，校长接受了这种意见，因为她是一个白人。那天她没有过去跟母亲打招呼。她躲在宿舍里，哭了起来，为母亲带来的羞耻，为一些曲折迂回的爱。

如是，她住在寄宿学校便像住在旅馆里一样。可叹的是，她的母亲曾是那样信奉少女贞节，也曾对她规定禁令，让她对天发誓，与莱奥交往可以，但绝对不能以身相许。而当母亲拿到那五张大钞时，那得意的表情却让她相信，生活的最后一道尊严、最后一丝骄傲被金钱压垮的模样，远比一个毒誓的应验更恐怖。

将来是什么？将来就是分开

"父亲还是对他重复那句话，宁可看着他死。"

将来是什么？将来就是分开。他们从一开始就知道，所以才那样抵死缠绵，期望能以疯狂的情欲打败时间。但时间过去，一如情欲退去，事情终于到来时，才知道心与身体一样疲惫伤悲。

那一天，莱奥没有来接她，黑色汽车上只有他的司机。司机告诉她，少主人到沙沥去了，因为老爷生病了。司机受命留在西贡市，负责接送她上学和回寄宿学校。几天后，莱奥来到学校门口，与她在人来人往的街道上紧紧拥抱，旁若无人地亲吻、哭泣。他仓皇而哀沉地告诉她，他的父亲还活着。

他的父亲还活着，即代表他最后的希望已经落空。

他已经向他父亲提出请求。他祈求允许把我留下，和他在一起，留在他身边。他对他父亲说他应该理解他，说在他漫长的一生中，对这样的激情至少有过一次体验，否则是不可能的。他求他父亲准许他也去体验一次这样的生活，仅仅一次，一次类似这样的激情，这样的魔狂，对白人小姑娘发狂一般的爱情，在把她送回法国之前，让她和他在一起。他请求给他一点时间，让他有时间去爱她，也许一年时间，因为，对他来说，放弃爱情绝不可能，这样的爱情是那么新，那么强烈，力量还在增强，强行和她分开，那是太可怕了。他，父亲，他也清楚，这是决不会重复再现的，不会再有的。

——《情人》

他知道，那样的爱情一生只有一次，失去了，就永远也不会再发生。即使岁月回溯，再多同样的时间地点，也再也遇不到同样的人。

他向父亲提出一年婚期的请求。可父亲明确地告诉他：一年之后，你只会更离不开她。而且，你还会失去原来的妻子和她的全部嫁妆。她也不可能再爱你了。所以只能选择原来的婚约。

他不能忍受分离的痛苦，却必须依附父亲的金钱——没有了金钱，他将什么都不是。所以，要他违抗父命，爱她，娶她，或带走她，他都没有那个力量和气概。他找不到战胜恐惧去获取爱的力量，哪怕他能放弃血缘关系，也放弃不了万贯家财。"他的英雄气概，那就是我，他的奴性，那就是他的父亲的金钱"，当他再次哀求父亲，说想娶她为妻时，他的父亲决绝地说，与其娶一个名誉不洁的白人姑娘，宁可看他死去。

彼时，在西贡市，以及沙沥地区，已经有关于他们情事的传闻在散布。人们议论纷纷,说她是个妓女,正在做着一件没有廉耻的事——为了金钱,勾引一个下流的中国富翁,让那个中国人替家中偿还债务,而那个中国人的父亲,宁可看着他死,也不允许他和那个白人小娼妇结婚。

在学校里,她被孤立。没有人和她说话。与她沟通的语言被禁止,仿佛集体命令一样。在那所学校读书的白人小姑娘们,也都视与这个沙沥女校长的女儿交往为耻辱。每次到了课间休息的时间,她就成了孤单的一个人。她经常倚靠在室内操场的柱子上,望着外面的马路,脸上有孤独沉默的光辉。没有人知道她在想什么,没有人能看清她的内心世界。而在学校里所发生的事,她对母亲也是只字未提。她依旧每天乘坐中国情人的黑色小汽车去上课。下课离校后,去往堤岸的房间。

我们一起用双耳瓮里倒出的清水洗浴,我们抱吻,我们哭,真值得为之一死,不过,这一次,竟是不可告慰的欢乐了。后来,我对他说了。我对他说:不要懊悔,我让他想一想他讲过的话,我说我不论在哪里,总归要走的,我的行止我自己也不能决定。他说,即使是这样,以后如何他也在所不计,对他来说不过是那么一回事,完了,一切都已成为过去。我对他说,我同意他父亲的主张。我说我拒绝和他留在一起。理由我没有讲。

——《情人》

他告诉她，他不能娶她。大局已定。她将回国，他也将迎娶一个从未谋面的女人。

从此之后，他将再也没有爱情。她的离去，将带走他全部的爱，还有灵魂。从此之后，他再也不会爱别人，他只能奄奄一息地蜷缩在金钱的坟墓里，完成一个漫长的传宗接代的任务。

她以最后那点微弱的骄傲，笑着对他说，她拒绝和他在一起。

过多痛苦的经历，已经让她的心智直接进入成人时期，如此，便可无畏青春的种种险恶，便可过早地承担分离。

只有记忆，是无可掩饰的，并永生铭刻。那种带着欲望和离别的身体的情味，辗转半个世纪后，已成长为杜拉斯的玛格丽特依然清晰记得。情欲在身体深处发出的声响，灵魂决裂的声音，手出现在皮肤上的情形，她都记得，仿佛沉溺于末日之前的贪欢，心里有预知的大悲，却不去想下一刻会怎样。

"她让他给她洗浴，洗很长时间，像过去每天在母亲家洗浴一样，从一个双耳大瓮里舀出清水沐浴，他也为她备好大瓮贮存清水，照例水淋淋地把她抱到床上，装上风扇，遍吻她的全身，她总是要他再来，再来，然后，再回到寄宿学校，没有人惩罚她，没有人打她，没有人损害她，没有人辱骂她。"

她一直记得那种从双耳瓮中倾泻的哗哗水声，水的清新，与皮肤接触那一刻的愉悦……在那种不可想象的炎热里，他给她洗浴的手，也有着水一样的力道……那种力道将她湿润的身体放在行军床上,目光里带着忧伤和珍视……床上的木板光滑得像是中国情人的肌肤,丝绸的冰凉感,在风扇叶片的沙沙声中起伏。

她喜欢他给自己洗浴,带着同病相怜的爱意。她将得到一种触手可及的温情,令她昏迷绵软的温情,她被温柔地吞没。

堤岸的情人,对这个正当青春期的小小白种女人一厢情愿甚至为之着迷。他每天夜晚从她那里得到的欢乐要他拿出他的时间、他的生命相抵。他几乎没有什么话可以对她说了。也许他认为他讲给她听的有关她的事,有关他不理解,不能也不知怎么说的爱,她根本就不可能理解。也许他发觉他们从来就不曾有过真正的交谈,除非夜晚在那个房间里哭泣呼叫之中曾经相呼相应。是的,我相信他并不知道,他发现他是不知道。

——《情人》

欢愉里有不可言喻的身体使命感。他与她呼吸交错,注目而视,获取彼此温热的躯体里散发出来的野性气息,向死亡延伸而去。他对她的爱情超出自己熟知的领域。他只是不停地将自己的身体覆盖住她的身体,贪恋着她的泪水、她的仇恨、她的愤怒、她的放纵、她的孩子气。

他抱着她就像抱着他的孩子一样。也许他真是在抱着他的孩子。他戏弄他的孩子的身体,他把它放转来,让它覆盖在自己的脸上,口唇上,眼睛上。当他开始这样做的时候,她继续追随他所采取的方向,听之任之。是她,突然之间,是她要求他,她并没有说什么,他大声叫她不要说话,他吼叫着说他不想要她了,不要和她在一起。又一次碰僵了。他们彼此封锁起来,沉陷在恐惧之中,随后,恐惧消散,他们在泪水,失望,幸福中屈服于恐惧。

——《情人》

要多么爱,才会生出恐惧?爱是吸引,爱是从身体到灵魂,爱是绝望,爱是消亡,爱是颠倒尘世,爱是罂粟与记忆。据说,在一份爱里添加恐惧、虔诚、救赎之心,就可以构成神。

而她说,毁灭。

对情欲的深谙无疑是一种带有毁灭性的智能。身体里的欲望,经过暗夜中的森林,黑豹出没的河口地带,古树缠绕的沼泽,最后抵达情人的昏暗房间。那样的欲望,将与黑暗交换禁忌,给她带来永生的禁锢与迷恋。

在那个房间里,她挑逗他,征服他,一遍一遍地索要他。她像一个妓女,洞悉身体的所有秘密,以动作,以话语,激起对方最狂暴的能量。

彼此安静的时候,他会躺在她的身边,告诉她,他父亲的蓝房子,有一条石阶一直延伸到大河里。他小时候,就经常躺在行军床上,看着女孩子们在月光下的河水里洗濯身体。从遥远海湾来的鸥鸟,在身边拍打翅膀……

他说,那样的情境,让人想起爱情。他那样说着话,突然就潸然泪下。她躺在他身边。

可是她装作睡着了。

有时送她回寄宿学校,若是天色尚早,他会令司机开车去河岸兜风,或去吃一点糯米酒。岸边的糯米酒很香甜,乡下酿的,有中国深处的味道。那里的春卷也是最好的,是女人们用她们的手,带过孩子的手,现场做出来的。

春卷,糯米酒,河风,港口无法比拟的珍贵黄昏。

离别的哀愁。

有时送她回寄宿学校,若是天色尚早,他会令司机开车去河岸。只是兜风。

一次在车上,他送给她一枚贵重的钻石戒指,说那是他母亲留给他的,现在送给他最爱的女子。她把戒指戴在手上,无关婚嫁永恒,只是纪念。

他对她说,法国来的船快要到了,将要把她带走,把他们分开。然后,便沉默不语。

孤寂如江河,流淌于天地之间,他与她在车里坐尽漫长的黄昏,直到黑暗无限旋落,月光升起。

有时她会靠在他的肩头酣睡,手上戴着他送的钻戒,双目闭合,呼吸羽毛一般在他的脖颈上起起落落,是那种很累的样子——

身体里仿佛长出了新的疲惫,没有人知道,那是来自离别,来自对时间的敌意,也是来自至深的孤独,和对死亡的激情。

他将至死爱着她

"她的手臂支在舷墙上,和第一次在渡船上一样。"

他成婚在即。在那个日期来临之前,他还是每天都去学校接她,然后一起坐车去堤岸的公寓。他依然用双耳瓮里沉积的清水给她洗浴,在痛苦之中完成爱的仪式。

有时也只是静默相守,无能为力地让时间穿过房间和彼此的孤独,一分一秒地流逝而去,再也不回头。

"分别一经确定下来,他对于我,对我的肉体,就什么也不能了",只有身体之上,还保留着柔情,那种温热清晰的柔情,沉痛或欢愉都不可消亡:"在沉痛之中,柔情依然还在。这种痛苦,他没有说,一个字也不曾提起。有时,他的脸在战栗,牙齿咬紧,双目紧闭。他闭起眼睛所见到的种种形象,他始终没有说过。也许可以说他喜欢这样的痛苦,他喜爱这种痛苦就像过去爱我一样,十分强烈,甚至爱到宁可为之死去也说不定……"

也只有离别在即,才知道爱是如此深沉。在那沉重的爱中,痛苦又远比得到更鲜明,就像他坐在地上,眼神哀戚地告诉她——

爱已将我埋葬。我将因为失去你的爱,而死亡。望向我,没有你的爱,而死亡。

是时,死亡成了一种隐晦的愿望。她将飞离他的怀抱,再多的金钱,再多的宠爱,也无法换她一刻停留。她不属于他,从来就不曾属于过他。自此之后,他不过是延续着绝望,以一具躯壳的形式,孤独地活在世上,忍受着爱的荒芜、情欲的伶仃之苦,活在世上,活着,就是为了等待死亡。

他开始抽食鸦片,在罂粟美丽的毒性中,进行精神的迷醉与摧毁——生命,原是一场幻觉,为何她要让他明白,有一种爱,既生死不渝,又痛不欲生……她看着他,看着那张脸,在心里一点一点还原着生命破碎的真实。

有时,他会突然别过脸去,对她说:"你不要来了,永远不要来了。"

她问:"即便你叫我?"

他说:"是,即便我叫你。"

而当她转身离去,走到车门边时,他就会大声叫起来,凄切地长啸,直至最后变成细弱的哀叹。

自此之后,她已然知晓,有一种记忆,比生命更惨痛,比死亡更永恒。

他结婚的那天,鞭炮声响彻云霄,她站在人群里,远远地观望着那场热闹非凡的中国式婚礼,眼神幽深,脸上没有任何表情。她看着他的新娘,从喜庆的花轿里走出来,大红的盖头,珠翠满头,金玉满身，与他携手前行……

他终于遵照父命，与十年前家庭指定的女子结婚。那个女子，来自中国北方，是抚顺城里人，有着与他等同的身份背景，还有着贞洁的名声……女子由家族陪伴前来成婚，嫁妆装了好几条船。

而这一切，她都不会有。

这样的一天终于来到，事情终于也成为可能的了。对白人姑娘的爱欲既是如此，又是这样难以自持，以致如同在强烈的狂热之中终于重新获得她的整体形象，对她的欲念，对一个白人少女的爱欲也能潜入另一个女人，这样的一天终于来临了……

也许她已经知道白人少女的存在。她身边有一些沙沥当地的女仆，她们对那个故事了若指掌，肯定会讲出来的。她不会不知道她的痛苦。她们大概年纪相仿，都是十六岁。在那天夜里，她有没有看到她丈夫哭泣？看到了，有没有给他安慰？一个十六岁的少女，一个20世纪30年代的中国未婚妻，她能不能安慰这类要她付出代价的通奸的痛苦而不觉有悖于礼？有谁能知道？也许她受骗了，也许她也和他同哭共泣，无言可诉，度过了那未尽的一夜。

——《情人》

他回头看见人群中的她，深深一瞥，眼神里倾泻出灰烬一般的绝望。她在与他无言对视后，转身离去；他则继续完成婚礼，完成生命中最痛楚最无奈的一件喜事。

她知道，只有自己，可以统治他的欲念，统治他无边无际的温柔情爱。所以，她也告诉自己，他与他妻子的结合，只不过是为了一个姓氏的延续与传承。那是他的北方祖先所企求于他的，有关金钱，有关血缘，有关命运，有关悲悯，就是无关爱情。

她曾问他，你会把我们的故事告诉你的妻子吗？一个关于她的丈夫和沙沥女校长女儿的故事，一个中国富翁与一个下流白人女孩的故事……即便她已经知道。

他说，为什么要告诉她，而不是别人，或一个陌生人。

她说，因为她痛苦过。只有她，才能理解这个故事。

我爱你，我选择毁灭；我爱你，我选择离开。

生命依然在继续。在各自以各自的方式继续着。眼前种种，悲、欢、离、合，皆已尘埃落定。时光漫漫，爱恨绵长，生之旅程，不过是一场未尽的慰藉。

只是没有人知道，在他的新婚之夜，她独自一人去了堤岸的单身公寓，去做最后的告别。或许在她生命的某种意义里，那个地点比他的爱更值得告别。

大雨不断倾倒在中国城中，把街道变成了大河。她坐着黄包车赶往那里。床、百叶窗、床单、他坐过的椅子、行军床，还有水缸，她都抚摸了一遍。最后一遍。

她在那里度过了一个夜晚，直到黑夜沉入雨水中。

黎明时分,她离开了。

日光之下,一切都是新的。

"动身启程。旅程的开始永远都是这样。遥远的行程永远都是从海上开始的。永远是在悲痛和怀着同样绝望的心绪下告别大陆的……"

1931年春,玛格丽特打点行装离开越南,乘坐"贡比涅号"邮轮去往法国。同行的还有她的母亲和小哥哥。

开船的时刻到来,冗长的汽笛声穿越城市与长空。港口上方飞扬着大片云朵,送行的人们站在岸边不停地挥手告别。离别的黯然被汽笛声无尽地拉长,聚集在视线之中,化作眶中热泪。随着轮船远去,陆地的弧线将船影吞没,他们手臂的挥动也将越来越慢,越来越无力。

和第一次在渡船上一样,她将手臂支在舷墙上。风吹起她的裙边,时间前行至此,一年半的日日夜夜,十七岁的她已出落得愈发美丽孤独。

她在停车场的角落里看见他,他坐在汽车后座上,一动不动,心已粉碎。他希望能够多看她一眼,余生最后一眼。他们对视的目光被人群隔断,仿佛相距天涯。他已经是有妇之夫,再多的情爱与不舍,也无法撼动这无言的结局。今生今世,他们将永远失去彼此。从今往后,他再也不会见到她。从今往后,再也不会有人那样颤抖着手指向她递烟,然后问她:"你愿意让我送你到西贡市吗……"

西贡市渐渐在身后远去，他的汽车也疾驰而去。在他离去后，她开始流泪，眼泪倒流入心，是为最哀凉的纪念。她的表情依然平静，母亲与小哥哥不知道，没有人知道她的伤心欲绝。

最后，港口消失，人群消失，陆地消失，属于她的一个年代、一个世界，也随之消失。

邮轮在无边无际的海上行驶。是夜，月光在海平面上升起，有人在弹奏钢琴，她站在甲板上，听着音乐声在大海上如丝绸一般幽幽涤荡。她想到他的气息，中国男人的气息，丝绸、雨一样的皮肤，鸦片、茶叶、温柔的手……混合的气息，心中黏稠一片。

有人在黑夜中跳海，而轮船径自远去。人们都在音乐的覆盖下静静酣睡。没有人为一个十七岁的无名少女醒来，更没有人为她感到遗憾、悲伤。

华贵寂寞的肖邦圆舞曲里，那年轻的死亡气息贴着她的皮肤掠过，竟让她产生了认同之感，就像触摸到了死神的指尖，意识几乎就要窒息。茫茫的海水与时间、致命的孤独、久抑无释的痛苦……在发着微蓝光线的寂静天宇之下，接近了永恒。一切犹如命定。琴声如诉，她想起堤岸的中国情人，终于失声痛哭，像从未痛哭过那样。

"肉体之爱维系在瞬间——销魂喜悦。而情感则需要距离，沉思反顾，时间延绵。"

身体上的爱，在时间里，沉淀成精神之爱，即，爱情。她想起，第一次在他面前裸露身体，看到他含泪的微笑，她当时在想，或许有天……会爱他一生。

岁月延绵，距离被无尽拉长，思念栖居于灵魂的内核之中。她那宛若流沙的过往，也必将沉入历史的惊涛骇浪里。

只是彼时，那个人，她以未曾见过之爱在爱着的中国情人，终于被自己承认；那份爱情，在大海上，在黑夜，在音乐声里，在死亡的气息中，终于被自己发现。

> 战后许多年过去了，经历几次结婚，生孩子，离婚，还要写书，这时他带着他的女人来到巴黎。他给她打来电话。是我。她一听那声音，就听出是他。他说，我仅仅想听听你的声音。她说，是我，你好。他是胆怯的，仍然和过去那样，胆小害怕。突然间，他的声音打战了。听到这颤抖的声音，她猛然在那语音中听出那种中国口音。他知道她已经在写作，他曾经在西贡市见到她的母亲，从她那里知道她在写作……他对她说，和过去一样，他依然爱她，他根本不能不爱她，他说他爱她将一直爱到他死。
>
> ——《情人》

1990 年，她在巴黎得到中国情人离世的消息，忍不住老泪纵横。原来，在那个熟悉而遥远的湄公河畔，他已经先她而去好多年。

她曾在年入古稀之时为他们写下《情人》，风靡世界。她以绝美如刀片的文字，让尘封了半个世纪的私密重见天日，破碎的光芒,刺痛幽闭的年岁,以及每一个打开过书的人。

1991年,玛格丽特·杜拉斯再次重溯往事,梳理青春时代的爱恨痴狂,以及最幽深的秘密,写下《来自中国北方的情人》一书,让那一段冷艳绝望的水湄情事在时光里一迭再叹,在文字的流传中,永存不灭。

在书的前言中,她如此写道:"我在1990年5月得知他去世的消息,迄今正好一年,据悉他已去世几年了。我从没想到过他死。我还听说他就下葬在沙沥;那幢蓝房子一直还在,由他的妻儿老小住着。据说沙沥人爱他,因为他为人善良、不拘礼节,还说他在生命的最后阶段成了笃信宗教的教徒……我真没想到他竟会死,他的身躯、肌肤、生殖器、双手怎么会死去的啊。在这一年里,我仿佛回到了从前,回到了乘坐永隆的轮渡横渡湄公河的时代……"

几十年过去,回首初相遇,依然清晰如昨。一如他对她的爱,从来就没有改变过。他说,他爱她,一直爱着她,他将爱她一直到老,到死。

"我们互看,我们交换黑暗的词,我们互爱如罂粟及记忆,我们睡去像酒在螺壳里,像海,在月亮的血的光线中。"

时间无知无息,人生很快行至尽头。白昼更替黑夜,岁月毁灭容颜,唯有爱的力量可令生命保持永恒的残酷与温热。哪怕有一天沧海凝成了眼泪,荒草掩盖了墓碑,也依然会有记忆铭刻,那场相遇,那份爱情,不忘不渝——并以信仰之光,在灵魂深处发出念念回响。

第三章

迷恋是一种吞食

爱之于我,不是肌肤之亲,不是一蔬一饭,它是一种不死的欲望,是疲惫生活中的英雄梦想。

十八岁,我已经老了

"我的上帝呀,请让我相信你会给我带来一丝的温存和爱情。"

1931年4月,帕尔达朗小镇的李树正在盛开繁花。青山、绿水、平原、小道,春天的气息在满溢的花香中四处游荡。如是春日,玛格丽特一行到达普拉提耶庄园。

时间向前流逝,将近十年的人事变迁,让当初穿着木鞋四处奔跑的内内长成了美丽少女,也使曾经神奇的梦中花园沦为荒废的古堡。只有酒库和李子烘干室,还依稀保留着昔日的痕迹,在左邻右舍的热情里,调和着遥远的乡情。

他们在小镇的邻居家中借住了一小段时间。一来可以等待房屋转卖的消息,再者还可以顺便做一些探访。其间,玛格丽特跟随着儿时的同伴们,去镇上游玩、看电影,有时还会骑着自行车穿行过寂静的长街。

时光是无忧的,除了有些短暂。然而,玛丽却没有带着孩子们去祭拜亡夫。其中原因或许跟财产的继承有关——她不想遇见丈夫与前妻所生的儿子,也不想张扬回来处理庄园一事。

总之,到了晚年,玛格丽特也无法真正说清父亲的埋葬之地,且在她的众多文学作品里,父亲的角色都是可以忽略不计的。她轻视那层血缘关系,一生都持续着那种野性的冷漠。

在《厚颜无耻的人》中,玛格丽特描述了当时一家人离开帕尔达朗的情景:"当开往波尔多的火车从于德朗脚下行驶而过时,莫德和她母亲似乎没有再看最后一眼他们的老屋。"

房屋处理事宜已经落实,于玛丽而言,那个地方便再无可恋。她接下来要做的,就是尽快去往巴黎看望心爱的大儿子——因为皮埃尔在越南长期吸食鸦片,早在1929年就被送回了巴黎。另外,她还要给女儿安排一所学校让她继续学习,希望以后能顺利地考到教师资格证。

对于玛格丽特来说,普拉提耶的记忆是不可磨灭的,但她也满可以将其安放在文字里,而她的情感,从来就不屑于直白的呈现。是年5月,玛格丽特和家人坐上了前往巴黎的火车。火车穿过寂寞的山野,头也不回地驶向繁华的首都。一声沉闷的汽笛,划破小镇的黄昏与长空,沿途洒落的余晖,则顺势翻开了她生命中新的篇章。

多年后,她在自己的书中写了一篇《波尔多的火车》,回忆在火车上经历的一些事情,笔触滑过一场迢遥之梦,彼时气息依稀,分明萍水相欢,却形同风过无痕。

一段旅程,成为她人生中一个多情的过渡。

火车上的夜晚尤其寂静,家人睡着了,乘客们也睡着了。她醒着。她身上依然是殖民地的装扮。她看到对面有个年轻人在看着她,三十来岁的样子。因为陌生,彼此谈话便无负担。他和她一直说着话。她告诉他殖民地的生活,河水、森林、炎热、粗野或温和的人。在更深的夜色里,他去拿了毯子盖在她身上,熄了灯,和她一起入睡,并带给了她久违的滚烫的情味。

当她醒来时,毛毯盖在她的身上,他陌生的气息还在毯子里。而他已经下车,位置空在那里,仿佛从来不曾出现过。是时,日光大亮,巴黎的天空正好收纳了她的视线。

在巴黎,玛格丽特一家居住于旺夫区维克多·雨果街16号的八楼公寓。在越南住惯了平房,彼时更换地点,八层楼房的位置无疑可以给她带来从未有过的视线延伸的体验。临窗放眼而去,一切都是无拘无束的,让她感觉非常新奇。她记得那样的新奇,窗户一打开,就有山谷的气息扑面而来。空气中似有碧绿的水色,白日之下的城市,就像一张随着四时光线变幻的画卷,风云涌动,雾气森森,一切都是那样壮美可人。

居住的问题一解决,玛格丽特的母亲就不得不马不停蹄地为女儿奔波上学之事了。最后,她选择了一所久负盛名的高档私立学校给玛格丽特,并不惜重金对小女儿进行培养,只为女儿毕业后能最快最顺利地相承父业。两个儿子在学业上都一无所成,她只得把希望寄托在玛格丽特身上了。

1931年10月1日,玛格丽特如期走进阿尔芒·达盖尔中学的课堂，正式成为该校的一名高二学生。

在学校里与同学相处，她介绍自己的时候，总说自己不知生于何地，没有故乡，没有户口，是个克里奥尔人——意为白种人的后裔。"我在一生中漂泊不定，对自己说，我，我没有故乡……"她只承认她的名字、她的肤色，其余的，一概不承认、不归属、不提及。

面对新的环境，不如就让一切重新开始。将从前的苦难幽深，都抛至脑后，好好地享受青春，享受当下。她快十八岁了，她是一个漂亮姑娘了，聪慧、娇美，浑身都洋溢着性感的气息。最重要的是，她可以堂堂正正地享受爱情了。那种享受，是自由自在的，是孤注一掷的，是一种饥饿产生的吞食。

学业之余，她把时间都花费在了舞会、聚餐、滑旱冰、森林漫步等娱乐活动上，结识男性朋友，并来者不拒地参加任何活动，体验法国的多元文化。从入学开始，到1932年春天，她将在新都市的情感经历与一些见闻都断断续续地记在了一本日记里，称之为"小小日记"，依稀可见日后文字风格的雏形。

譬如她写非常讨厌同学们在考试时抄袭，她是宁愿拿零分也不愿继续待在考场忍受那种气氛；写去参加舞会，自己很迷人，玩得心满意足；写母亲给她钱去滑冰，是如何勉强，如何满脸不悦；写很喜欢古典戏剧，尤其是拉辛作品中的《贝雷尼斯》；写拿到了成绩单，校长对她的评语是"在学习上毫不吃力"……

譬如在学校，玛格丽特有很多追求者，不到一年的时间里，她的"小小日记"就记录了一连串男生的名字。有位叫贝尔纳的男生就经常去等候她。

"我忘记告诉你,我今天下午发现贝尔纳就站在窗户底下。那时候是三点半,他在这里等我有一个多小时了。保尔嘲笑他,这让我感到很难受,你绝对不会相信。他大概是有点喜欢我,我也常想他。他一定很痛苦,我开始意识到这是什么原因了。正因为如此,我也很痛苦。"

玛格丽特的表哥保尔·兰波维尔也喜欢她。保尔是她姨妈的养子,经常去她家玩。保尔多年后回忆,声称彼时为玛格丽特深深着迷,"生活都被这个姑娘搅乱了",后来提前入伍服兵役,也是"为了忘记玛格丽特"。

在日记中,玛格丽特写道:"保尔同我一起去森林散步,他说他喜欢我,有好长时间了,但他不敢说出来,只是心情沉重。小小日记,你是最清楚不过了。像往常一样,一两个小时过去,就烟消云散了……由于我,他回到了家,整天把自己关在屋里。他说他喜欢我胜过一切,这让我痛苦不堪。"

或许令她痛苦的原因,是当时她的同班同学勒高克也在追求她。相比于保尔表哥,勒高克的条件明显要好得多,他出生于律师世家,家里很有钱,又会讨女孩子欢心。

"我今天晚上去见勒高克。他和蔼可亲,总像对我恋恋不舍的样子。"

"晚上。品茶。我见了勒高克的姑姑,她认为我很漂亮。"

"坐在厅池里看戏,一张票三十法郎,是勒高克花的钱。"

"这一天,我和勒高克似乎很相爱。"

"一切照旧。勒高克把自己的钱花得精光。"

……

为了追求玛格丽特,勒高克给她买了许多昂贵的礼物,给她零花钱,还经常请她看戏看电影。不仅如此,在玛格丽特的妈妈面前,小伙子也很是大方,送唱片,送花,还有送钱,玛丽女士很快便默许了他和女儿的关系,并对眼前的年轻人赞不绝口。

有次勒高克给家里送来了三百五十法郎,玛格丽特觉得很欣慰,但是那种欣慰感还没维持一分钟就被难过所代替,因为她的妈妈,理所当然地接下了那笔钱。

"亲爱的日记啊,你知道这意味着什么吗?我曾经期待过这样的幸福,可这一切却令人感伤,简直痛心疾首。今天,最让我难过的是,就是我看到母亲接受了他的钱。她那疯疯癫癫的女儿看到了这一切,将一辈子也不会忘记。这天晚上,我思想一片混乱,幻想着金钱、汽车、爱情、温存热烈的话语、香吻等,一种让人无法拒绝的香吻。我的上帝呀,请让我相信你会给我带来一丝的温存和爱情。"

身处热恋之中,物质与温存依然无法满足精神需要。尤其在亲情方面,母亲的苦难与贪婪,兄长的堕落与荒唐,都是令她痛苦的部分。她依然感觉到孤独。在那种无人知晓的孤独中,她悲怆地寻找着温暖,在爱情里,在亲情里。

她在日记里写:"可怜的妈妈她不喜欢我,而别人喜欢我,不是想要我的身子,就是看中我的智慧。""皮埃尔去了蒙帕纳斯区,母亲跟着他跑了一夜。他又开始花天酒地,他告诉母亲他想去坐牢。"

她很清醒,成熟的思想里,藏着冷酷与决然,孤独的心境里,又有着天生的不安分,令她的个性趋向于变幻莫测。这一系列因素,也将直接影响她日后的文风。

玛格丽特的"小小日记"从1931年10月开始,一直在陆续记录着,少则几行,多则几页,但是到了1932年4月她十八岁生日后,日记便戛然而止了,本子上再也没有出现过任何文字。

"小小日记,我十八周岁了,成了一个悲伤的大姑娘,处在伤感的年龄。我收到保尔·兰波维尔送的电视机和一盒夹心糖果。"

是时,她与勒高克已经分开了,最主要的原因,是勒高克的妈妈不同意他们交往。甚至,为了彻底断绝两个年轻人的往来,勒高克的妈妈强行将儿子送至英国。在英国,勒高克依然对玛格丽特难以忘怀,不能见面,就给她写热烈的情书。但玛格丽特显得十分冷静,她不仅没有回应,还撕毁了情书。

晚年时,玛格丽特回忆起与勒高克之间的情事,用了"可憎"一词。她在一篇写给母亲的文章中公开了一个隐藏多年的秘密,有关那段往事,也有关一个女人至死不忘的疼痛与悲凉。

"我没有把什么事情都告诉母亲,很小的时候,我什么都讲给她听,我和中国情人断绝了来往。而她一直不知道我生活中的另一方面,比如她不知道我二十岁在法国那年,做了一次人工流产。他是一个富家子弟,我还没有独立成人,他父母不想惹是生非,开了个假证明,上面注明阑尾炎。"

记忆在年龄上可以出现一点点偏差,但扼杀一个新生命却让她刻骨铭心。彼时独自承担的巨大悲痛,也慢慢转化成巨大的绝情,她说:"我无情无义,因为我对我所做的一切毫无内疚感。"

而那个注定不能落地的腹中生命,便成了勒高克送给玛格丽特的最后一件礼物,一份最盛烈、最残酷的成人礼。

是年7月初,高中会考在巴黎举行,玛格丽特顺利地通过了考试,还获得了第一名。当她的名字出现在索邦大学门口的喜报上时,她的母亲情不自禁地哭了。

玛格丽特没有流下一滴眼泪。她站在校门口,波澜不惊,眼神幽深而孤独。一个人经历了多少,就必定能承受多少,不管是悲痛,还是喜悦。

"我在十八岁的时候就变老了。"在她的青春岁月,在她最可赞叹的年华,生命在继续,学业也在继续。她依然生活在同学们目光的聚焦点上,依然生活在朽木一样的家庭关系中。没有人知道她的秘密。也没有人看得见她的苍老。她依然是那个聪慧、性感、漂亮的克里奥尔姑娘,有着前赴后继的追求者,以及前赴后继的情爱。

如果,爱是疲惫生活中的英雄梦想,那么,就让生,成为悲伤内心里的死亡激情。

我有一个情人

"爱情是永存的,哪怕没有情人。重要的是,要有这种对爱情的癖好。"

1932年9月,玛格丽特与母亲、小哥哥再次回到越南。

母亲要返回工作岗位,继续赚钱以维持家中各种开销;小哥哥已满二十周岁,也要考虑去部队服役——这关系到他的未来;她则须要重新回到西贡市国立中学,注册哲学专业,准备高中第二阶段的会考。

时隔一年半,她再出现在同学们的面前,已经是从国际大都市回来的白人姑娘了。不再有人对她指指点点。她住在带花园的别墅里,穿着流行的服装,妆容得体,举止优雅,虽然依旧很少与人交往,但是,她再也不是以前那个穿着妈妈的旧裙子,怀着无尽的羞耻与无奈低头走路的贫穷少女了。

在学习上,她也勤奋了不少。一年的平静生活,让她顺利地通过了1933年7月的考试,并取得了物理和化学的三等奖。

考试后,玛格丽特与沙沥治安法官的女儿在照相馆拍了一张合影。当时她身上穿的是一套高棉女子的衣服,头发绾成了越南髻,娇小而清秀。她安谧地坐在一把古老的椅子里,连气息都美得惊心。那是一种无法掠夺的美。静若秋水的眼神里,则是与世无争的淡然和沧海桑田的沉淀。

在旁人看来,往日那些野性放任的气息仿佛都已离她远去。从巴黎回来之后,她就已经脱胎换骨,焕然新生。是的,没有人知道,她正在以一种洗濯耻辱的方式活着,更没有人知道,她的野性放任,已深植于血液里,不显不露,却永远存在着,并成长为新的孤独,如暗流,如湄公河畔的身世与记忆。

空闲的时候,她会大量地阅读书籍,给自己积累知识见闻。她也去游泳,打球,或是到森林深处,寻找往事的痕迹。曾经黑豹出没的沼泽,曾经风信子盛开的山丘,她都静默地停留过。

只是,有些地方,她再也不会去了。有些人,她再也不会见了。而且,时间向前,生命中存在的这种遗憾与决然,总是会不断地纪念与发生。

1933年10月3日,玛格丽特在家人的陪伴下,登上了开往法国的"珀尔托斯号"邮轮。这一次,她必须只身一人前往巴黎,去完成她的学业与使命。她知道,遥远的前方,正有一片天空,在等待着她飞翔。只是她不知道,离开脚下的那片炎热而神秘的土地,竟是永别。从此之后,她就再也没有回过越南。

有谁比较充分地谈到巴黎各个不同季节之美,夏季的星期日,冬日的夜晚,街道这时变得荒寂静谧,还有那些公路。世界上没有一个城市建筑得像它这样,清澈的空间有着这种闻所未闻的华丽繁富。在建筑物的分类中有一大部分可以与凡尔赛相媲美。在夏日,河流之美显现无遗,连同它的树影,它的花园,大街有的因河流而向前延伸,有的沿河蜿蜒而行,还有山冈起伏的斜坡,从星广场、蒙帕纳斯、蒙玛特、贝尔维尔,都有坡地伸展其间。全城呈盘盏形状的地区只有罗浮宫,一直延续到协和广场……

——《物质生活》

再回巴黎时已是秋季。空气中有些华丽的萧寒,黄叶零落,带来怀念的温度。彼时,玛格丽特站在维克多·雨果街的八楼公寓窗口看着日光之下的城市,心情是繁复的。远方静穆的钟声敲打天际,一个崭新的黑夜又即将覆盖住黄昏。时间延伸,如河水蜿蜒流淌,在视线之内,在记忆之外,渐行渐远渐无声。而生命,不过就是那长河之中的一滴水,转眼消失不见,无法让任何一朵浪花回头。

她说,"我的生活就像我吞食的水果,从来没有细心品尝和耐心回味过",所以,接下来的日子,她必须好好地品尝一下生活,享受一下生命了,不管是甘甜,还是苦涩,不管是长久,还是短暂,只愿他日再回味时,一切过程都是值得。

是年11月,玛格丽特进入索邦大学学习,攻读数学专业。

如果依照母亲最初的意愿，索邦大学毕业之后，她继续就读巴黎高等师范大学，一毕业即可顺利地成为一名高校老师。

但她没过多久就放弃了，转而注册巴黎大学法学院，学习政治学。入读法学院一事，她的母亲并没有反对。因为巴黎法学院极具威望，那里的学生结业后，一般都能找到待遇优厚的工作，司法、国企、律师或是商业领域。而且，好工作捆绑的，通常都是好姻缘。

不过据玛格丽特后来回忆，她当时放弃数学专业，只是因为一个情人。那个人对数学一窍不通，但是他想娶她。"他对我说：'我哪想要娶一个数学家，数学家会喂养孩子吗？'我对他很钟情，我也知道他的这种想法很愚蠢。这不是性别歧视吗？可是，我愿意和他在一起，就放弃了数学专业，这是件值得庆幸的事。"

时隔多年，情人的名字或已遗失，而对爱情的癖好，却始终存在。

"由于她天资聪慧，便弥补了在学习上不够刻苦的缺陷。"整个大学期间，她都在恋爱。学习倒成了次要的部分，她也并未花费多大精力，虽然她依然能拿到优异的成绩。远离了母亲的怀抱，她在新环境中显得愈发如鱼得水。

那个娇柔妩媚而大胆热情的克里奥尔女生，不管站在哪里，都是引人注目的。学校就有很多男生为她倾倒，他们追求她，迷恋她，亲切地称她为"蛊惑众生的天使"。

上大学的第一年，玛格丽特认识了一个"纳伊的犹太人"，并与他有过一段感情。多年后,凭借回忆的激情,她创作了《副领事》一书,让那个年轻人成为其中的主人公。后来在影片《印度之歌》中,她又让他以米盖尔·隆斯达尔的形象出现,有着令人无法忘怀的声线。无论是文字,还是影像;无论是平面,还是立体,她那些神秘交错的记忆,在灵感的指引下,总是能让猜想比事实更有意思。

在一次访谈中,她饶有兴致地编织着回忆,谈到《印度之歌》时,她说:"我认识副领事,他叫弗雷迪,他曾经非让我读《圣经》不可,我永远都不会忘记。他后来成了孟买的副领事。在结束政治学院的课程后,我们分了手……"

生活中的"副领事"名叫费雷德里克·马科斯,20世纪30年代,他是自由政治学院的学生,于1938年毕业。1947年,他赴孟买任职,头衔是远东助理秘书,职位是领事馆专员。

玛格丽特一直记得他,在作品中描述他的样子,仿佛记忆犹新,还带着温情:"他很瘦弱,有点驼背,黑色的卷发,漂亮的蓝眼睛,浓郁的黑色睫毛,白润的面容,高高的额头,在表情丰富的嘴唇下,露出洁白的牙齿。在整个青年时代,他一直在读宗教书籍。"

他们在一起做爱,安静而温柔地对待彼此的身体。完事后,他会为她讲解《圣经》,声音里满是虔诚的爱意。她记着他,多年之后,还让朋友去拜访他。他微笑着回忆她:她很迷人,猫一样的女子……眼神里常有忧愁。

那是一份在宗教之下散发光芒的感情。即便分手,也无关伤痛。

1934年秋,玛格丽特搬至什梅尔街,居住于一所学生公寓。离开了皮埃尔霸道的监管,新环境显得很是轻松平适。那里遍布美食餐馆,离学校也近。在上课与吃饭之间,她还可以去图书馆看书,或去卢森堡公园散步。时光是清幽的,每一个地方,都有着偶遇的可能。包括一场火灾。

"1935年底的一个晚上,一场大火冲向了屋顶,公寓开始燃烧了起来。这天夜里,玛格丽特没有在外过夜。在一片喧嚣声中,在消防队员的眼皮底下,她认识了一个邻居名叫让·拉格洛雷。无论如何,也算得上是在炙热的目光中不期而遇。"

让·拉格洛雷是一个仪表堂堂的年轻人,他身材魁梧,长相俊美,出生于大家族。但是,在他身上,一直存在着一个不能磨灭的悲伤印记,与生命相关。据说他的母亲为了生下他,在分娩的过程中丧命,他的父亲认为是他杀害了自己钟爱的女人,一辈子都无法原谅他,甚至拒绝抚养他。他跟着爷爷长大,成长于一群聋哑老人包围着的忧郁之中。

所以,从一开始,他与玛格丽特的关系就显得有些异样。他是文雅迷人的,也是郁郁寡欢的,眼睛里好像时常藏着一个将吐未吐的秘密。他被玛格丽特吸引,却又本能地排斥她。亲情的哀伤、成长的缺失、心灵的决裂,缠绕上现实的错综复杂,让他患上了严重的抑郁症。记忆日夜作祟,他经常整夜整夜下棋、剪报纸、嚎叫。不可自拔,也无法自持。没有人可以安慰他、救赎他。

这是一段不冷不热的感情。相同的文学爱好,让他们走到了一起,频频约会,一起旅行,分开时恋恋不舍,信件往来中也相敬如宾,却始终无法达到灵魂的契合。

如此,炙热的目光也终将冷却。这样的爱,注定无法结果。只会郁郁辗转一番后,即投身于时间的长河,永远属于怀念。

未来信件：请给我谈爱情

"另一个你怎么没有在与您厮守的黎明前一起颤动呢？"

1935年，玛格丽特得到了一辆福特轿车。当时在学校，甚至是全巴黎，她都是唯一有轿车的姑娘。那辆有着模糊而神奇的来历的豪华敞篷轿车，也让她理所当然地成为巴黎高校的风云人物。

有了自己的汽车后，游山玩水就更为便利了。尽管彼时的巴黎正处在二战前夕的紧张局势中——工人罢工、学生游行、政府更迭，1936年1月初至3月中旬发生的"热兹事件"，更是直接导致法学院停课、校长辞职。但一切纷扰都没有影响到玛格丽特。她不关心政局，也不读报纸，她依然喜欢去图书馆、去剧院，热衷于观看浪漫的法国电影，被那些男女主角之间的情爱角逐吸引，并沉溺在一种迷人的悲剧性爱情气息中，任幻想驰骋。在学校停课的间隙，她便开着车四处游玩，去奥地利，去诺曼底海滨，尽情地享受生活，领略大自然的风光与情怀。

1936年冬，玛格丽特与让·拉格洛雷一起外出度假，并由此遇见了她生命中另一个重要的男人，即她的第一任丈夫——罗贝尔·昂泰尔姆。

关于玛格丽特与罗贝尔的相识，朋友乔治·博尚在访谈中描述了那有着历史意义的一幕："有一天，让·拉格洛雷给我们介绍他的女朋友，她是出生在越南的法国女孩，很漂亮，也很可爱，她就是玛格丽特。她的脸庞很漂亮，很迷人。我们许多上了年纪的老师一看到她，就对她十分着迷，她想要什么就满足她什么。她确确实实太迷人了。"

玛格丽特太迷人了。多年过去，乔治对她说话的方式，与人对视的眼神都铭记于心。同时，他又有些庆幸地说，因为罗贝尔的存在，自己躲过了玛格丽特极具诱惑力的美丽……接着，又半开玩笑地补充道，也许是命运的捉弄吧……掉入玛格丽特的温柔陷阱的男士，可没有多少能有好结果……

但是，不管是谁，即便是知晓结果，也愿意为她承担全部的过程。

当时，在朋友们的眼里，让是一个漂亮的小伙子，又有出众的才华，但他远没有罗贝尔的宽大胸怀，他虽然优秀，却少了几分男子气概的大度与豁朗。在法学院，让、罗贝尔和乔治是一个亲密的小团体。其中数罗贝尔最善解人意，大家都喜欢跟他交流，或分享快乐，或倾吐朦胧的烦忧，他就像是拥有着一颗温驯的海洋之心，无论何时都是有德有容。而玛格丽特的身上也同样有着掩不住的光芒，她的迷人有目共睹，罗贝尔很快被吸引。而且，经过一段时间的相处与比较，玛格丽特情感的天平，也慢慢地倾向了罗贝尔。

"让·拉格洛雷和玛格丽特·多纳迪厄之间的感情越来越淡了。她厌倦了那个痛苦不堪的小伙子。她也曾试图让他振奋，但是越来越难以忍受他那些颇具有智慧的胡说八道。罗贝尔，他一直在她身边，他没有让英俊潇洒，要逊色得多，但是他善良宽厚，慷慨大方，聪明开朗。需要平静和谐的玛格丽特将注意力转向了罗贝尔身上。她为罗贝尔离开了让。"

罗贝尔·昂泰尔姆出身于一个中产阶级家庭，父亲曾是贝约纳的副省长，后因事被降职为纳税官，定居在巴黎杜班街；母亲则是一位虔诚的教徒，为人慷慨和善。良好的家世与成长环境，让罗贝尔养成了阳光乐观的性格，在喜爱的女孩子面前，他更是竭尽所能地保护她、迁就她、开解她、温暖她，除却亲口告诉她，他爱她。

一次在火车上，玛格丽特大胆地给罗贝尔写信，洋洋洒洒，收放自如。不仅有着四溢的文采，还饱含了小女子的浪漫、颓靡、精灵、娇俏、活泼以及轻轻柔柔的忧伤。相比初到巴黎时的"小小日记"，那一封信的文笔显然进步了许多。而且，已经有着后来的杜拉斯文本的某些特征了。文学之路，来日方长，而当下之事，是她必须先一步用自己感情充沛的笔尖，将他们之间最后的那一层纸挑破，无论是争取，还是征服，但愿从此之后，峰回路转，柳暗花明。

您。

尽管这个词语在其对应的意义中包括许多层含义，但我不觉得该词具有复杂的意思，而由于这一词是用在我们之间称谓这一特定的含义中，我很希望不要将其依附于语法解释的层面上，这就向您解释，并谨请原谅我总以您相称呼，但愿此信能不落俗套……

我想通过所发生的事情告诉您，我对真正满足的认识以及其价值，我感觉到有必要接近您。我从不后悔极力地压制自己的情感，强迫自己这样做，坚持了一个耐人寻味的夜晚，使我思想和感觉上的熟悉景色大放异彩，因为现在只是一个抽象的形象，没有萦绕我的实质内容，大概是一种具有芳香的物体，给人带来一种希望，留下长久的念想，类似在对田野修长芦笛的古老记载中谈到的木质芳香。正是这种抽象的形象与音乐将我们联系在一起，仿佛是两个强大的棱镜，在我们身后，白色光芒画出一道彩虹，在我们眼前，船栏上颤动的绳索奏响宏伟的交响乐章。所有这一切无不令人神往，不论是极度快乐，还是万般痛苦，绝无分别，炙热般地融为一体，在相互分享的激情中，不会有朝思暮想的事情发生。

总之，另一个您怎么没有在与您厮守的黎明前一起颤动呢？我的梦想在仙女般随想的峡谷中从来都没有显得如此的活灵活现。在一个模糊的轮廓中，像展示灵与肉一样，凸现出全部的活体，我认为这对您来说，就是一种不可名状的乐趣。但是，在此之上，您却投下了您亲临此境的冗长帷幕，神秘般迷人的自然本身蒙上了奢华的气氛，通过您，这些并没有让我感觉到与现实状况不符。可是，尽管暗藏炸弹的克梅尔街悄然兴旺起来，手舞足蹈地欢庆着，梦想怎么还没有出现在您曾经喜欢的画面中呢？因为梦想通过自然的象征手法将一切移植至我期待与您相会的这个或那个地方。然而，我却向您隐瞒了我善于精打细算的忧虑，别为此生气，您知道我是一个喜欢自虐的人。当夜晚降临，手指僵硬，我还这样做真是愚蠢透顶，就此搁笔，敬请谅解。您会原谅的，因为淘气鬼不再顽皮；娇小的古提琴也不再奏乐；在某个清晨，她还会奏响间奏曲，您将会听到她擅长演奏的最甜美的音乐，将痛苦地把您从痴迷的睡梦中唤醒，当您微微睁开眼睛时，它就消失得无影无踪。但是，它会向您打声招呼，会对您喃喃自语，可是人们都不相信它在谈情说爱。

——《未来信件》

收到这样美妙的信，想不心动都难。更何况，罗贝尔对那个来信的"淘气鬼"钟情已久。他再也不想压制了，他要去完成她所期待的画面，他要亲自去告诉她，他想和她在一起——就那样，在玛格丽特居住的学生公寓，他轻轻地叩开了她的门。

有一张照片，罗贝尔斜倚在公寓的阳台上，温和地微笑着，和煦的午后阳光打在他的肩上，有一种安详的暖意。另一张照片上,看起来是同样的时间地点,玛格丽特则是一脸灿烂,笑容里绽开的,正是爱情的光泽。

爱情的帷幕已经拉开。每一个情节都令人神往,散发芬芳。从黎明,到黄昏;从白日,到黑夜。战争前夕,喧嚣的街道上,游行的队伍声嘶力竭地喊着口号,而楼上时光里的厮守,一分一秒,都奢华得犹如幻觉。

如是,一场没有硝烟的夺爱之战,就在两个好朋友之间展开了。一种戏剧里上演过的桥段,竟在生活中真真切切地发生了。

"就此而言,就是一场戏剧。我们步入到戏剧化的阶段。我不得不拿走让面前的劳丹酊毒酒,他想一死了之,因为他失去了他的女人,他还和罗贝尔约定一起自寻短见,因为他夺走了他的所爱。让和罗贝尔是一对十分要好的朋友。"

在那场夺爱之战中,玛格丽特聪明地做出了选择。她离开了让,搬出了学生公寓,投入了罗贝尔的怀抱。

于她而言,是时已经到了婚嫁年纪,选择男朋友时,也必须为将来的婚姻作打算了,且不论是做情人,还是做丈夫,罗贝尔都是不二人选。她自小漂泊,心底其实比一般女孩子都更渴望安定,渴望被爱。而她想要的,罗贝尔都能给她。他有胸怀,有担当,有家世,更重要的是,他爱她,宠她,还有着要给她安定的能力与真心。

让和罗贝尔在中学时代就已相识,两人之间有着比兄弟更为深厚的情谊。因为玛格丽特,他们不想反目成仇,却又都不想放弃爱情。僵持之下,只有痛苦,或是从痛苦陷入更深的痛苦。如果说,非要谁成全对方,那除非让生命与记忆一起终止。

所以,他们都选择了自杀——让喝了毒药,罗贝尔则拿起了手枪。所幸的是,他们共同的朋友乔治及时阻止了悲剧。双方冷静下来之后,让选择了放弃。

1937年初,玛格丽特与罗贝尔正式开始交往。罗贝尔将玛格丽特带到了家人面前,得到了父母的一致赞许。

彼时,玛格丽特已经取得了巴黎法学院的学士学位;她的母亲在越南退休后,又承办了私立学校,可谓是有声有色;她的外祖父家有大片田产,属于天主教地产阶层……有这样的条件垫底,加之玛格丽特的漂亮可人,罗贝尔的父母便没有理由不认可。

于是在那个不平静的夏天,他们举行了隆重的订婚仪式。是年,玛格丽特二十三岁,罗贝尔二十岁。

战火纷飞的年代

"这是我当时能够给他的最好的爱情证明。"

1937年订婚后,玛格丽特随之结束了大学生涯。她如期拿到了学士文凭和法律专业的高级毕业证,并找到了一份工作——在巴黎殖民地部管辖的信息处负责资料编辑。

而恰在是时,她的未婚夫罗贝尔也必须应征入伍,与她长久分离。罗贝尔一拿到学士学位,就离开巴黎去了部队,当了一名普通的步兵。爱好文学的罗贝尔从小就讨厌战争,所以,对于服役他并不热情,甚至还有些倦怠。然而战争在即,他便只能苦苦忍耐着,怀着不得已的心情,壮烈地等待着——兵役一结束,就回家成婚。

"作为编辑,进入殖民地部的那天是我青年时期最为重要的一天。我仿佛忽然间学会了电影无法教给我的东西,我也明白了,生活并非总是那样美好,但有时候倒是很美好。进入殖民地部,可以说等于我又回到了可恶的殖民地……头一年我就觉得这是个美丽的玩笑。"

从出生,到成长;从童年,到青春。对于玛格丽特来说,殖民地的任何讯息都是与记忆粘连的。而生活总是栖居于流淌的记忆之下,又堆砌在自身的阴影之中,美好的、可恶的、神秘的、诱惑的、耻辱的、虔诚的……任何一种模样,都比电影情节更复杂。

在殖民地部的工作是繁忙的,面对堆积如山的文件,她必须投入大量的精力。未婚夫在兵营里度日如年地等待着完成义务,与她极少见面,便只能以信件诉说彼此的现状与想念。生活是空虚的,也是充实的,生活在一张又一张往来的信笺中,被纷纷扬扬的文字与时光覆盖。

1939年,玛格丽特的小哥哥保尔从西贡市写信来,给她送上血脉至亲的牵挂和祝福。他称呼她为"亲爱的宝贝",笔尖却带着沉重的柔情:

"通过母亲的信,我知道了你在法国的情况。你考试通过了,在殖民地部找到了工作。听说你订婚了,我向你表示祝贺。我不认识你的未婚夫,但从你的言谈看,我觉得他人很不错。我们经常谈到他,母亲对他颇有好感,唯一的缺憾就是还没有看到他的来信。不过没关系。请你原谅,我不应给你说这些,但你是我妹妹,要是别人,我绝对守口如瓶,因为这是个人问题。"

她在信件里告知了未婚夫的情况,她的母亲很满意。小哥哥为她感到欣慰,也为自己感到忧伤。是的,他最心爱的妹妹,她终于学有所成,终于找到了爱情与归宿。可是,她再也不能与他一起在暗河里游泳了,再也不会与他一起守着山茶花盛开了。从此之后,她的名字将冠上别人的姓氏,在一个遥不可及的地方,迎接人生中的新起点……

1939年秋,第二次世界大战爆发了。法国政府随即下令,全国进入备战状态。役期将满的罗贝尔也被紧急调往鲁昂驻防。

就在那样的战火纷飞之时,玛格丽特向罗贝尔发出了一份电报。电报内容为:"想嫁给你。快回巴黎。玛格丽特。"

电报穿过枪林弹雨,终于到达罗贝尔的手里。身着戎装的他看着眼前的一纸血色浪漫,不禁热泪盈眶。他是战争中的士兵,随时都可能丧失生命,而她却选择在最危险的时候做他的妻子,带给他可以沉沦的感动。

是年9月23日,玛格丽特与罗贝尔在巴黎第十五区政府举行了婚礼。因为战争,他们的婚礼办得很简单,简单到只有两位证婚人。而且,在结婚后的第三天,新郎就赶往了军营,新一轮的分离又开始了。

后来,有朋友问玛格丽特,为什么选择在那样的时期嫁给罗贝尔。她坦言,当时对罗贝尔的爱里,很大一部分是单纯的感恩之心。"这是我当时能够给他的最好的爱情证明。"她说。

当时有传言,玛格丽特是承受着某种压力嫁给罗贝尔的——在罗贝尔服役期间,她尚有若干情人,一个是定居巴黎的记者约瑟夫·昂德莱,他们来往密切,约瑟夫还当过她的证婚人,在婚礼不久后消失;另一个,则是与她一起在殖民地部共事的菲利普·罗克,他们有一段时间为了准备书稿,曾日夜相处。后来,一个叫弗朗斯的朋友谈及这段传闻，毫不掩饰地说非常恨玛格丽特，因为她曾令罗贝尔痛苦不堪。

她曾令他痛苦不堪，她也曾让他幸福不已。爱情是什么，爱情就是痛苦加幸福的体验。她说："我对肉体的爱有激情，直到暮年。我是一个不忠诚的女人。"她的一生，有过无数的情人，她与他们上演过无数的故事，但是，她却将人生中的第一次，也是唯一的一次婚姻，完完整整地给了罗贝尔。婚姻在她心里，是神圣的，是超越身体之爱的证明。她证明给世人看了，她对罗贝尔的爱，是独一无二的，且超越痛苦和幸福的本身。

1939年秋后，罗贝尔继续留在马其诺防线驻守。经过两年的历练，当初的大学毕业生已经有了几分成熟战士的模样。他在前线给妻子发来照片，是一张在野地里拍的合影。头戴钢盔，穿着笔挺的军大衣，脚上是一双军鞋，还扎着绑腿。依然戴着一副玳瑁架的眼镜，不与战友一起抽烟，微微有些发胖。脸上是沉静的表情，双眼望着前方，仿佛正在凝视着他心里所担忧的那个"状若香水的浓烈世界"，以及在世界里渐次塌陷的憔悴万物。

是时，玛格丽特一个人住在巴黎。全国笼罩在战争的阴影之下，整个巴黎的空气里都充斥着严肃而紧张的气味。街道上到处都是标语和警示牌；居民将窗户玻璃全涂成了蓝色，以躲避德国飞机的狂轰滥炸；汽车被投进熔炉，用来制造武器；抗战的歌声在喇叭里日夜昂扬，以鼓舞士气、激励人心……当然，政府也没有忘记给人们制造精神镇静剂——于是，《法兰西帝国》一书应时而生。

"此书只有一个目的,一个主要的目的,那就是告诉法国人,他们的国家拥有众多的海外领地。这是一个帝国,一个无坚不摧的帝国。"——1940年5月,《法兰西帝国》正式面世。作者为菲利普·罗克、玛格丽特·多纳迪厄。

不过,玛格丽特一直不愿将这本书列入自己的作品之内。或许在她心里,那仅仅是一次工作任务,不带任何感情色彩。因为只是奉命行事,那就不能称之为写作。她的作品,从来就只为自己而写。

1940年6月,德国军队以一场血雨腥风占领了巴黎。首都的数百万群众进行了无比耻辱的大迁移。从6月到8月,那是一段悲惨的逃亡生活,粮食短缺,通信瘫痪,人们在战乱中饱受流离之苦,惶惶度日。在后来的文字里,玛格丽特将其称为"黑色年代",记忆里有着难以承受的厌倦。是年8月,玛格丽特不顾一切地回到了巴黎。因为罗贝尔已经复员,正等着与她团聚。

然而新法令颁布,禁止已婚妇女外出工作。于是,玛格丽特被解雇了。她失去了工作,却也意外赢得了时间。那是在荒凉乱世中收获的一段充裕的时间。在那个战火纷飞的年代,她在一道意外的裂缝中,进行写作了。

她进行了写作。响应内心的召唤,臣服文字的命令,孤独地沉入自己创造的世界。她,即将成为玛格丽特·杜拉斯。一切,水到渠成。一切,充满艰辛。一切,无法避免。

"写作,就是无法避免写作,就是无法从中逃脱……奇妙的不幸可能就是这样一种折磨,一种不让人有片刻休息时间的要求,及其当它同书一起结束时,这样一种对自我的连根拔除,将你抛弃,任你迷失。"

她写的作品是《塔纳朗一家》,她说那是她生命中的第一本书。没有提纲,写作全凭找寻与记忆。笔尖里全是苦难的深度,不被光照射。饥饿、痛苦、恐惧、欲望,源自沼泽一般的童年的恶意。无限下坠的世界,落在手里,变成内心阴影,变成危险的流淌的文字。

小说带有强烈的自传色彩。她在书中化身为莫德,与母亲、哥哥演绎着纠缠不清的爱与恨。儿子与母亲之间的善与恶,是女儿永恒的痛苦与孤独。一如她在现实生活中的家庭,古怪的家庭,永远写不完的家庭。自始至终,她一生都在写自己。

1941年2月,玛格丽特将处女作的书稿投往伽利玛出版社。等待是漫长的,且很不顺利。起初,是伽利玛出版社拒绝出版。之后,她又遭到了几家出版社的退稿。所幸的是,罗贝尔一直相信妻子的才华,他拿着书稿,一家一家出版社沟通,希望能遇到真正的伯乐。而这样的过程,足以令心高气傲又迫不及待的玛格丽特陷入疯狂。

她说,如果小说不能出版,我就去自杀。一位眼光独特的编辑拯救了她。小说在两年后上市,由布隆出版社出版,更名为《厚颜无耻的人》。作者为玛格丽特·杜拉斯。战火纷飞的年代,依然继续。属于杜拉斯的时代,终于到来。

死亡也能施洗礼

"死就像是一条长链,是从他开始的,从小孩子开始的。"

1941年秋,玛格丽特怀孕了。她怀上了罗贝尔的孩子,预产期在来年的春夏之时。但境况中的种种不顺终是冲淡了将为人母的喜悦,身为孕妇的她,依然表现得暴躁而忧伤。

那段时间,她的心情非常糟糕,时常茫然无望。书稿出版屡屡遭拒,是最煎熬的事情。另外,战争的阴霾久久不散,冬天的寒冷被无尽拉长。被德国占领的城市硝烟弥漫、物质匮乏,街头频繁暴动,人们整日生活在恐惧与不安之中。就连遥远的越南,亦无法避免战乱的侵害,日军袭击了那片神奇而平静的土地,连绵的稻田,全都变成了横七竖八的战壕。她心系小哥哥与母亲的安危,情绪又不得释放,便愈发觉得痛苦。

1942年6月,玛格丽特产下一名男婴。可是,婴儿由于分娩不顺受了伤,一来到这个世上就没有了呼吸。当然,也永远没有了痛苦。只有生者,不得解脱。

丧子之痛,对玛格丽特打击很大。她在医院住了十二天,哀伤到了极点，对任何温暖与安慰都无动于衷。那些日子里，她望着窗外的槐树，眼神呆滞，心里的豁口，仿佛能听见风声。

她请求护士让她看一眼死去的孩子，却遭到了拒绝。

"去把我的孩子抱过来，我想看看。"

"不行……很英俊的小男孩。我们把他裹在棉布里。你运气好，我们已经给他做了洗礼，他可以像天使一样去天堂了。他是你的天使，一直就在你身边……睡吧。你的天使会来到你身边的。"

是年，玛格丽特二十八岁。在那个战争气息浓郁的夏天，她失去了自己素未谋面的孩子。他黏稠、湿润、温热，就像是生长在深海里的果实，被入世的第一道阳光谋杀。他在孤独中走向死亡，没有葬礼。

然而，有时死亡并不是最可怕的。最可怕的，是什么也没有留下的空茫。譬如依然存在于身体之中且依然饱含孕育能力的肚子。肚子同时见证新生与死亡的交集。

"孩子走了。我们再也不能待在一起。他走了。我们一起生活了九个月，死亡就把我们分开了。我的肚子重新落在了他的身上，一块破布、一件破烂衣服、一个棺罩、一块石板、一扇门，和肚子比，都是些毫无价值的东西。"

孩子走了。玛格丽特变得愈发孤僻，也愈发狂躁、歇斯底里。吵闹，无休止地疯狂吵闹。罗贝尔终于无法包容她。不久后，他选择了离家出走。夫妻关系名存实亡。罗贝尔后来向人倾诉，他当时对玛格丽极度的神经质感到厌倦。"她变得让人无法忍受。"

他说,"我实在无法理解她。"

"丧子在她身上产生了巨大的影响,至今还没有完全消失。我觉得她要写本书。"玛格丽特的一位朋友回忆道。

写书。在第一部作品尚无确切的出版消息之时,她又开始准备属于杜拉斯的第二部小说了。

"一本打开的书就是夜晚。我不知为什么,刚刚说出来的话就使我泪流满面。"是时,她身上的痛苦与疯狂,已经成为一种强劲而孤独的力量。眼泪过后,唯有写作可释放。而那种力量,粗暴而野性,是毁灭,是吞食,也是成全。

1942年7月,产后的玛格丽特重新开始工作。她必须让自己在经济上得到独立。独立,即是自由。

为了让自己的作品更顺利地出版,她决定先设法进入出版界。不久后,她果然成功进入巴黎书籍组织委员会,并成为出版评委会的秘书。新工作逐渐让她恢复了斗志,这位娇小美丽又乐于助人的女士也得到了大家的喜爱。

是年秋,因为工作上的一次联系,玛格丽特遇到了迪奥尼斯·马斯科罗。一个伽利玛出版社的审读员,一个后来成为她儿子的父亲的男人。

"英俊。他很英俊。像上帝一样迷人。"第一次见到迪奥尼斯,玛格丽特就被他俊朗的外表吸引,并对他产生了征服欲。她随即建议他进入委员会工作,如此便可近水楼台。

迪奥尼斯并不只是英俊。他虽然家境不太殷实,却因博览群书而谈吐非凡。他有着在出版社多年审读的经验,能够准确而迅速地鉴别一本书的优劣,目光独特而犀利。对于玛格丽特的作品,他经常能提出宝贵的意见。1943年,玛格丽特的小说《厚颜无耻的人》出版,她在扉页上致辞:"献给教我鄙视此书的迪奥尼斯。我的一个古怪的崇拜者!"

当然,对于玛格丽特,迪奥尼斯也并不仅仅是崇拜。面对玛格丽特炽热的爱情攻势,他很快就臣服了。他爱上了她,两人互通情书,频频幽会,在那个被战火侵袭的城市里,在婚姻之外,在彼此身上,不断探索新的激情,并在激情中获取最隐秘最狂妄的欢愉。

她是狂妄的。而比频繁出轨更狂妄的是,她想要创造一种新的生活方式、一种新的道德标准。那就是将情人与丈夫维系在一起,在她周围,三人和平共处。

在布西科广场,玛格丽特安排他们见了面。那一天,罗贝尔戴了一顶卷边帽,看上去无比儒雅。或许是他的仪表打动了迪奥尼斯,接下来便发生了令人意想不到的一幕。迪奥尼斯与他侃侃而谈,两人竟越聊越投机,一次见面后,即结下了牢不可破的友谊。后来罗贝尔与玛格丽特离婚,他们之间依然没有隔阂,且一直并肩走过了战争的风风雨雨。

写作依然在继续。玛格丽特给新小说起名为《平静的生活》,讲述的却是一个一点儿也不平静的故事。依然是被死亡阴影禁锢的家庭,依然是贫穷、仇恨、爱情、希望交织的情节线索。幽闭的内心，人性的孱弱，在她平静而无情的笔下，开出颓废的欲望之花。生活是一方沼泽，唯有不死的欲望，才可以抚慰疲惫的灵魂。

"写作是充满我生活的唯一的事。它使我的生活无比喜悦。"

然而，不论是爱情，还是写作，给她带来的愉悦，在那个寒冷的冬天，都因为一封电报的到来而戛然而止了。她的生活，转瞬被一种排山倒海的悲伤淹没。那样的悲伤，仿佛来自世界底层，来自痛苦之核，四面八方，除却悲伤本身，已无任何存在。

1942年12月底，玛格丽特收到母亲从西贡市发来的电报。噩耗传来，她的小哥哥保尔去世了。他被上帝召唤走了。

> 我的小哥哥死于1942年12月日本占领时期。我在1931年第二次会考通过后离开西贡市。十年之中，他只给我们写过一封信。我一直不知道为什么。信写得很得体，誊清过的，没有错字，按书法字体写的。他告诉我他们很好，学业顺利，是一封写得满满的两页长信。我还认得出他小时候写的那种字体。他还告诉我他有一处公寓房子，一辆汽车，他还讲了车子是什么牌子的。他说他又打网球了。他很好，一切都好。他说他抱吻我，因为他爱我，深深地爱我。
>
> ——《情人》

保尔死于支气管肺炎。当时正逢战争，没有药物。他病了，他的母亲没有让他待在身边，而是让他住在一间工作室里。母亲与未婚妻轮流照顾他。最后，病情愈发严重，医生也回天乏力。

"在小哥哥死去的时刻，这一切本来也应该随之消失。而且是通过他。死就像是一条长链，是从他开始的，从小孩子开始的。"

小哥哥死了。尸体沉入出生的土地，那一片茫茫的泽国。带着对死者的祈祷。如此，几个月前，孩子离世的悲痛又重新出现了。悲痛之中，又衍生了新的悲痛。

她说，我的小哥哥已经把我和他聚合在一起，所以我是死了。是的，她是那样地爱着小哥哥，那样强烈的、时时刻刻的爱，比爱自己的孩子更甚。

半个世纪后，她为一个英国的年轻飞行员写下一篇悼念的文字，里面游离的，全是对小哥哥的爱。爱的影子里，还有着她死去的孩子。

"我从未想过我能写这个。这是我的事，我，与读者无关。你是我的读者，保尔。既然我这样对你说、这样对你写，这便是真的。你是我一生的爱……在我们的整个童年，在你的整个童年中。"

她忆起童年时，她与小哥哥一起在大河谷的田埂上玩到太阳落山，夕阳的影子将光辉涂抹在他身上，像一层流淌的碎金子。他埋头在她怀里酣睡，宛如小小孩童。太阳下山后，大海无处不在。田野里的风将人吹拂得格外温柔，她守着他，一直到夜幕沉沉。她就那样守着他，不让毒蛇、黄蜂或凉湿之气侵袭他。他是她的孩子，她轻轻吻着他的眼睛，小心翼翼地爱他。

飞行员的死亡对她而言是一件具有私人意义的事件。譬如他孩童的化身，暮色一般的蓝色瞳仁。譬如他像小鸟一样的死亡，战争中的死亡，永恒的死亡。战争的色调，童年的色调。她想起西贡市附近那个有着小哥哥尸骨的万人坑。她想起他的眼睛，曾被她轻吻过的眼睛，曾饱含过忧伤、喜悦和爱的眼睛。还有，停留在他眼洞里的最后一丝痛苦的微笑，而她没有亲眼看到。永远也看不到。

孩子、小哥哥、飞行员，他们都是亡者。包括一部分的她自己。死亡是任何爱都无法替代的。所以她说，他们都一样，死亡也能施洗礼。

"仍然写作。不理睬绝望。不，怀着绝望。怎样的绝望，我不知道它的名字。"

得到小哥哥死讯的时候，她正在创作小说《平静的生活》。她的笔触之下，是永远走不出的童年，走不出的家庭关系，走不出的绝望之爱。她的创作与其密不可分。

"我背负了太多的悲剧，它们四处发生。"死亡是对爱的洗礼，文字是对死亡的祭奠。小说中的人物替代她度过了童年，替代她体验悲痛和死亡，替代她蓦然将爱掩埋在童年深处。她知道，小哥哥会成为她的读者，也会在她的过去里见到她的明天。

我的生活是一片沼泽

"就在这一刻,我随着成千上万的事物朝下滚:男人、女人、牲畜、小麦、岁月……"

1943年,罗贝尔在巴黎信息总部担任宣传秘书一职。其间,因为工作上的关系,他认识了日后担任法国总统的弗朗索瓦·密特朗。是时,密特朗刚从集中营出来,他正在组织一个抵抗运动,抵抗德意志、抵抗法西斯,以及与战俘、放逐者有关的系列运动。是年年底,罗贝尔就在信息部辞职了,他加入了密特朗的抵抗组织,并以无与伦比的诚心、将生死置之度外的热忱,成为组织中的一员。

"我们不是英雄。我们加入了抵抗组织,只因为我们是值得信赖的正直的人。"1944年2月,在罗贝尔的影响下,玛格丽特也辞去了出版社的职务,与丈夫一起加入了密特朗领导的抵抗组织。她专门负责社会事务,即了解被逮捕人员家庭方面的工作。

"迟早有一天,我们会永远见不了面。从加入抵抗组织那天起,我们就断绝了往来。后来有一天,我丈夫被捕了。再后来就是分离和逃亡。"

那是她第一次深入政治。在抵抗组织工作是隐秘而危险的,每天被敌人包围,随时可能出事,随时都有被捕的可能。而当时一旦被捕,就要付出自由乃至生命的代价。玛格丽特深知其中利害,身在险境,她不想连累迪奥尼斯。所以,自从加入抵抗组织后,她就不再与迪奥尼斯往来了。

可是,令玛格丽特没想到的是,不久后,迪奥尼斯也参加了法国共产党。在战争最残酷的时候,他成了她与罗贝尔亲密的同伴,成了他们同呼吸、共命运的战友。在抵抗组织里,罗贝尔化名勒华,玛格丽特化名勒鲁瓦夫人,迪奥尼斯则化名为马斯,他们一起为爱国运动倾注着满腔的热血与激情,在不平静的生活里尝尽惧怕与凶险。

1944年春,随着盟军的登陆,巴黎的抵抗组织也遭到了严厉的搜查,很多核心成员都被捕了。是年6月,又有一批成员被捕,其中就包括罗贝尔及其大妹妹玛丽·路易丝。在迪潘街,他们落入了纳粹敌人布置的陷阱里,被捕后流放德国。在流放的过程中,玛丽·路易丝因身体虚弱失去了生命,罗贝尔也音信全无,生死未卜。

我在呼吸。从鼻孔里呼出的气息真实、微湿、温热。我终于活下来,虽非出自本意。我的生命执拗地朝前走,此刻似乎停了下来。我听见自己的心跳声,感觉两个手心是我的:

属于我,属于此刻正在承受我的发现的那个我。就在这一刻,我随着成千上万的事物朝下滚:男人、女人、牲畜、小麦、岁月……

——《平静的生活》

生命是真实的,痛苦也是真实的,它们有着潮湿而温热的气息,与呼吸混在一起。它们倾听着心跳的声音,倾听着岁月坠落至绝望深处的破碎的声音,倾听着死亡与孤独的猎猎回声。

那一段时间,设法营救丈夫,是玛格丽特全部的心思。在抵抗组织里,她做的是安抚被捕人员家庭的事务,却无论怎样也安抚不了自己。她消瘦得厉害,但还是坚持每天出去打听消息,在不安、恐惧、无望与焦灼中,度日如年地等待。迪奥尼斯一直陪伴在她身边,支持她,鼓励她。

玛格丽特却万般无奈:"亲爱的,我的整个容颜遭到无谓的摧残,逝去时光的摧残……时光像水磨一样把我抽干。你看,我的生活是一片沼泽,无论我怎样挣扎,也只能发出厌倦的汩汩声。"

为了早日救出丈夫,玛格丽特甚至主动去亲近德国警察署的人。罗贝尔被抓后,就曾有人看到她与一个叫戴尔瓦的男人频频约会:

"她往索塞街走,看见戴尔瓦就习惯性地给他使眼色。为了能给丈夫和玛丽送包裹,她在戴尔瓦面前大显魅力,戴尔瓦也认为她非常迷人,就明显地开始向她献殷勤。而杜拉斯则不动声色,任其表演,即使是难以忍受,也没有反感的表示……"

戴尔瓦是德国警察署的人,通过他,玛格丽特打听出了丈夫被关押的地点。虽然那个声称可以营救罗贝尔的戴尔瓦并不具备帮助她的能力,虽然他告诉她的关押地点并不正确,但她依然把全部希望都寄托在了他身上。她宁愿听到谎言与托词,也不愿在杳无音信的情况下茫然等待,一无所知,一无所获。她必须讨好他,甚至迷惑他,为了救出丈夫,她不惜一切,哪怕希望再渺茫。她将那一切付出都视作是战争。她深入其中,像一个疯狂的斗士。

1945年5月,德国宣布无条件投降,法国解放了,历经五年,战争的噩梦终于结束了,举国上下一片欢庆。玛格丽特也终于收到罗贝尔来自达豪集中营的信:

"我的宝贝。上周的此时此刻,在集中营里还能听到机关枪的响声。我们被关在监狱里,枪声持续了将近一个小时,我们改变了地球……我必须回去,我没有生病,但我精疲力竭,因为集中营的生活实在太累人了……我可能老了一百岁。剩下的就是幸福了……"

落款时他说:"和你在一起,玛格丽特。"玛格丽特哭了,她赶紧回了一封信,感谢生命的奇迹:

"你还活着,你还活着!我也不知道自己从哪里回来的。我在地狱中坚持了多长时间……亲爱的罗贝尔,我的宝贝……你要有耐心,不要吃太多饭,不要喝酒,最好滴酒不沾。天气很好。这就是和平。明白了吧。罗贝尔,今天的天气多好啊!你牵制着我的生活。我引为自豪的是，我和你生死会相随……回来前给我打电话……我觉得我不能再等了，我已经精疲力竭了。"

1945年5月13日，在迪奥尼斯的帮助下，罗贝尔被成功从集中营带出，并送至巴黎家中。他的身体已经非常虚弱了，健康受到了严重的损害，到家时奄奄一息。玛格丽特日夜守在床边照顾罗贝尔，那一段时间，她哪里都没有去，只是尽心尽力地陪伴在丈夫身边。

罗贝尔躺在床上，跟她细细地诉说着在集中营痛苦的经历。一年来的暗无天日，足以摧毁一个人的生命和信仰。回忆起纳粹的残酷，罗贝尔情不自禁地浑身战栗。

罗贝尔情况好转后，即被转入巴黎附近的一家疗养院继续接受治疗。是年6月底，他离开疗养院去了上萨瓦省小住。四十年后，玛格丽特将那些沉重的黑色的二战记忆拼接进小说里，取名为《痛苦》。

在书中，她记录了彼时的一段时光："我们住在安纳西湖边的圣若里奥，那是一所犯人疗养院，地处公路边的旅馆餐厅。那是1945年8月发生的事情。在那里我们听说了广岛原子弹爆炸的消息。他体重增加了，人也胖了。他知道这是为了他妹妹，他知道这是为了我们的分离。"

那也是属于玛格丽特、罗贝尔、迪奥尼斯三人的一段时光。玛格丽特与迪奥尼斯一起照顾着罗贝尔，他们一起在房间里聊天，看着报纸上传来的消息：1945年8月，日本宣布无条件投降，军事侵袭退出太平洋地区；8月25日，胡志明在河内宣布越南独立……恍如隔世。他们一起去湖边散步，看着夕阳渐渐湮没于波光之中，那么平静。

"爱之于我，不是肌肤之亲，不是一蔬一饭，它是一种不死的欲望，疲惫生活中的英雄梦想。"

经历了过多的死亡、杀戮、痛苦、恐惧、绝望、孤独、疲惫，"爱"这个字，在她心里，在他们心里，透过灵魂撕裂的部分，都已得到了新生的洗礼，并趋向于另一种精神的完满。

战争结束了。之前的一切都已结束。在《平静的生活》里，玛格丽特写："我的过去是我的明天，我的明天包含了过去。"是她总是那样喋喋不休地重复着。重复着自己的故事，重复着爱与孤独。但是，尽管明天是新生的过去，她的生命依然会为了那新生而感动，依然充满了不死的欲望和梦想。

1946年，玛格丽特与罗贝尔离婚了。后来据玛格丽特回忆，她对罗贝尔的爱，不是爱情，却依然迷恋。"他们两人对我来说都是永恒的，没有轻重，也没有上下……"

1947年6月，玛格丽特生下了她与迪奥尼斯的孩子，一个漂亮的小男孩，她给他取名让·马斯科罗，小名为乌塔。她深深地爱着她的孩子，爱着她创造的生命。

她与罗贝尔、迪奥尼斯一起退出了法国共产党，从此不理会政治纷争。她要给孩子一个自由的环境，让他自由自在地成长。

"我蹭着他。我的怀抱里是他的生命，刚刚出生，已经与我分离。他曾在我的体内,他的独立是那么鲜明,那么强烈,我简直觉得被这真相弄得无可适从,一个因为真相而熠熠生辉的女人……他睡了。他和我一样的自由。我的生命与他的生命相连,取决于他的生命,他最微小的一点变化也能牵动我的生命。"

和孩子在一起。平静的时光。没有战争,没有伤害,生活依然如沼泽,世界依然如密林,目光里却分明点燃了温柔的火焰。有了孩子之后,她身体里的母性也渐渐显露出来了,并由此流淌成一种广袤的特殊的爱,慢慢回溯至血脉亲情。

两年后,玛格丽特的母亲从越南回到法国。不久后,她出版了小说《抵挡太平洋的堤坝》,她将那本书献给了自己的母亲,献给了那个曾创造她生命的女人。

肮脏的人,我的母亲,我的爱

"让我留在那里,同母亲的恐惧和死亡待在一起,整个待在一起。"

1950年,玛格丽特的《抵挡太平洋的堤坝》出版了。

这本带有自传色彩的小说签到了极高的版税,还得到了一致的好评。但作品与那年的龚古尔文学奖失之交臂了,她显得有些失望。"那是年轻人的奖,是颁给年轻人的。"她说。是的,没有获得奖项,荣耀依然还是显而易见的。当时的报纸杂志纷纷报道,一个叫玛格丽特·杜拉斯的女人,以完美而独具特色的叙事风格,将一个死去的殖民地时代复苏在了纸上,该书带来的成功与名誉将让她进入当代优秀作家之列……

更重要的是,这本小说将她所有的文字脉络都打通了,她在写作中进一步认清了自己,寻到了生命意义的真正归属。她是属于写作的,她的手法冷寂而勇猛,充满暴力,让人迷恋。自此之后,她将在自己的世界里越陷越深,而她的文学道路,也将愈发畅通无阻、坦荡无垠,且不可测度。她赢得了财富、名气,以及大批大批的读者，大家都觉得她成功了。

除却，她的母亲。母亲回来了。玛丽·多纳迪厄终于离开了越南，离开了她的租让地，回到了法国，见到了她的儿女和亲人。因为她在西贡市创办了女子中学，回来时国家对她进行了奖励。那是一笔可观的费用，于物质而言，足以让她生活无忧。

回来后，玛丽并未与女儿住在一起。她在卢瓦尔省买了一座古堡，带着无比忠诚的女佣阿杜住在那里。之后，她又拿出了积蓄，在昂布瓦斯为爱子皮埃尔买了一块土地——当然，与从前一样，那块土地也迅速沦为皮埃尔的赌资。

玛格丽特带着新出版的小说去古堡看望母亲，也带着积压在内心深处的爱恨。记忆里的那个十四岁的单薄少女说着"我要写作……"时，母亲眼神里的不屑，已经无法用时间去稀释。

"让我表达对您的敬意"，她把书放在母亲面前，请求她看一看。母亲看了，而且整整看了一夜。一个人在古堡的楼上，翻开了女儿曾经的青春梦想。

《抵挡太平洋的堤坝》。母亲、女儿、儿子、租让地、太平洋的海水、坍塌的堤坝、永恒的越南。厄运没有预兆。爱情为物欲服务，梦想被沉重的现实榨干。幸福的时光急速流走，不幸的人生缓慢如梦魇。在书中，她让母亲死在了殖民地，带着孤独、仇恨与嘲讽，面对着荒凉的租让地，在不幸与绝望中死去。

回忆的文字如同镜像，疼痛也随之由眼入心。但玛丽没想到的是，她的女儿，声称以书来表达敬意的女儿，竟让她成了揽镜自照的那个人——她的苍老、她的专制、她的疲惫、她的疯狂、她的坚韧、她的破碎、她的失败、她的绵绵苦厄……眼前所见，尽非所愿。

那些过往，那些悲怆而壮烈的过往，她的母亲无法遗忘，也不愿提及。在她看来，是她的女儿控诉了她的失败，拆穿了她最后的尊严，揭露了她最深的痛苦，抽离了她在黑暗中遗留的光芒。母亲愤怒了，对着玛格丽特大声辱骂："这是对家庭的侮辱，是对我的侮辱，这是一个离谱的故事，你这是在诬陷，邪恶的文字，邪恶的文字……"

玛格丽特说："她对这本书的理解，成了我生命中的悲哀之一。"她终于失去了与母亲和解的最后机会。母爱的缺失，是她生命中最顽固的悲哀，而母亲，也成了她一生都无法征服的人。

"人必须为某种东西而活着。"她的母亲说。母亲说话的时候，灰白的头发被汗水粘在脸上，像个悲壮的战士。那么，支撑母亲生命的，是什么呢？是对金钱无法遏制的欲望，是对越南地籍管理员的恨意，还是对大儿子罪孽一般的爱呢？

后来，她终于又回到法国来。我们相见的时候，我的儿子才两岁。说是重逢，也未免来得太迟。只要看上一眼，就可以了然。重逢已经没有任何意义了。除去那个大儿子，其他一切都已经完结。她在卢瓦尔·歇尔省住在一处伪造的路易十四城堡中生活了一个时期，后来死在那里。

——《情人》

　　皮埃尔依然由母亲养着，一直到母亲去世。在越南，他偷，他赌，他吸食鸦片，最后母亲把房产卖掉给他还债；在巴黎，他又去赌牌，一夜就输光了一片树林。他也曾到玛格丽特家中偷盗，卷走其所有积蓄，连柜中大米都不放过。玛格丽特说，母亲做的事永远都是为了这个大儿子，这个几十岁的大孩子，依然不事生计，不会挣钱。小哥哥死后，母亲就被他独占了。母亲对他永远包容，永远满足他的需要，因为她活着就是为了他，为了爱他。

　　离世之前，那个可怜的母亲还在想方设法为她的儿子赚钱。她买了几部电热孵化器，安装在古堡底层的大客厅里，四十平方米的地方，一次就孵养了六百只雏鸡。她不懂电热红外线操纵，结果小鸡孵出来嘴巴都合不拢……就那样，不能进食的六百只小鸡全在她眼皮底下被活活饿死。

　　"在她死前最后几个冬天，她把绵羊放到她住的二楼大房间里过夜，在结冰期，让四头到六头绵羊围在她床四周。她把这些绵羊叫作她的孩子。她就是在阿杜和她的这些孩子中间死去。"

　　玛格丽特的母亲去世了。她在孤独的古堡里，孤独地死去了。玛格丽特去奔丧时，她的大哥在迫不及待地处理遗嘱。因为公证人说遗嘱不具备法律效力——她的母亲，正被她亲吻着冰冷前额的母亲，竟以一种近乎荒唐的分配方式，一种牺牲女儿利益的办法，在一纸文书上，把好处都传给了她的大儿子。

她已瞑目，却依然要给心爱的儿子最后的保护，最后的偏爱。

"本来我应该查明底细才好说接受或不接受，但是，我保证说，我接受——我签了字。我接受了。我的哥哥，眼睛也不敢抬一抬，只说了一声谢谢。他也哭了。在丧母悲恸的情感下，他倒是诚实的。"

因为遗嘱的事，大哥对玛格丽特说了生平唯一的一句"谢谢"。她知道，他的确是爱着母亲的。也只有他，可以与母亲相互包容。母亲包容他的一切罪过，一如他包容母亲的一切病痛与疯狂。他们视彼此为知己，以母子深情和血液至亲筑成的联盟，没有人可以走进，包括保尔与玛格丽特；没有事物可以瓦解，包括时间与死亡。

母亲死后，他成了孤家寡人。他没有朋友，他以前也没有朋友……他生活在彻底的孤独状态下。这孤独随着人渐渐老去更加孤苦无告，日甚一日。他本来是一个流氓，所求不多。在他四周，看起来他很可怕，不过就是这样。对我们来说，他的真正统治已告结束。

——《情人》

玛格丽特曾将大哥比喻成一个不用凶器杀人的罪犯，他身上有着战争一般恐怖的气息。是他让童年充满了战争的色调，充满恶的统治，威胁着生命。她说，小哥哥死后，她就当他已经死了。或者说，是生是死，都无所谓了。如果说以前对他还有恨，那么之后，连恨都没有了——在他身上，她已经不愿付出一点点情感了，哪怕只是同情与可怜，哪怕只是报复性的漠视。

母亲死后，皮埃尔一直过着流浪的生活。赌博，酗酒，赢钱了就挥金如土，输钱了则变卖母亲的遗物——先是房产和土地，然后是家具和器物，再是连衣橱和被单也被一件一件典当了，最后，就落到了山穷水尽的境地。

> 他死的时候，是一个阴惨惨的日子。我记得是春天，四月。有人给我打来电话，别的什么也没有说，只是告诉我，发现他的时候，已经死了，倒在他的房间的地上。他死在他的故事结局之前。在他还活着的时候事情已成定局，他死得未免太迟了，小哥哥一死，一切也就完了。克制的说法是：一切都已耗尽了。
>
> ——《情人》

一切都已耗尽。小哥哥死的时候，玛格丽特痛苦得想随之死去；母亲去世时，她也回到了童年的痛苦里，那种无节制的痛苦和放纵，只有用死亡才能开启。而她的大哥，她的大哥在穷困潦倒中死去，身边没有一个亲人。世间唯一爱他的人已经去了，再也没有人会为他的离世而感到痛苦。他曾仗着母亲的偏爱，成为一根尖锐的刺,带给亲人绵绵不绝的痛苦。但是,他死了,家庭消亡了,痛苦也就结束了。

"她曾经要求把他和她葬在一起。我不知道那是在什么地方,在哪一个墓地,我只知道是在卢瓦尔省。他们两人早已长眠墓中。他们两人,只有他们两个人。不错,是这样。这一形象有着一种令人难以承受的庄严悲壮。"

大哥死后,与母亲葬在了一起。在卢瓦尔省,在一个她不愿提起的墓穴之中。他们长眠于土地之下,相依相伴,带着无法分享的孤独、沉重以及爱和悲伤。

"写作时,我和生活一样疯狂。我回到了那一大堆石头中。《抵挡太平洋的堤坝》中的石头。"

《抵挡太平洋的堤坝》是玛格丽特一生中最为钟爱的作品。她一生作品甚多,却也只有一个源头可供慕念,那里有着童年的重要痕迹,有着母亲遗传的疯狂和绝望,那里是危险的,也是令人迷恋的。

"肮脏的人,我的母亲,我的爱。"她在作品中喃喃而语。母亲是童年的中心,是她沼泽一般的生命的源头。她恨母亲,也爱母亲。她甚至不知道爱有多深,恨又有多深。她将爱恨当成两个距离相等的极端,却不知道在时间的衡量下,终有一端会倾斜,继而显露出内心的真实。

晚年时,她老朽而迷狂,在最后弥留的日子里,陷入昏迷的时候,她依然孩子似的叫喊着:"母亲,我的母亲,我要见母亲。"

惊恐之中,她终于寻到母亲的气息,与死亡相临的气息,来自艰辛而肮脏的家庭与童年,"让我留在那里,同母亲的恐惧和死亡待在一起,整个待在一起。"

母亲留给她的玉镯,她保留了大半生。她以自己的方式纪念着母亲,纪念着原始的爱和恨,带着写作的灵感,和记忆软化后的温润。

有一张照片,她坐在打字机前,手指间夹着待燃的香烟,手腕上戴着那只玉镯,显得迷人而干练。是时的她住在圣伯努瓦路的寓所里,已不再年轻,却依然保持着激情和野性。她是孤独的写作者,在生命抵死怒放的盛年。

用身体参与写作

"作家的身体也参与他们的写作。作家在他们的所在之地，也会激发性欲。"

一根青翠的藤萝，沿着木门和墙身，缓慢地爬上了屋顶。窗边的天竺葵正在怒放。窗下是一张长方形的桌子，桌子透过玻璃，接受了泛着绿意的日光。

桌子上堆放着稿纸、书籍、墨水、电话机、照片、吃剩下的半块羊角面包，以及一个插着干花的陶罐。窗外是一个小花园。花园里有水塘，波光里折射出落叶松、苹果树、胡桃树、李子树、樱桃树、玫瑰和鸢尾的影子。

对了，音乐室的窗下，还有老情人种下的一株茶花。站在花园的池塘边极目远眺，可以看见一片静谧无声的森林。森林之外，散布着星星点点的低矮民居。还有磨坊的大风车，转起来的时候，可以将远处的山脉轮廓幽幽地荡漾开来。

——这是诺弗勒城堡。是玛格丽特·杜拉斯的写作之所。也是属于她孤独光影中的随意一帧。

1958 年，玛格丽特的《抵挡太平洋的堤坝》被拍成了电影，她由此获得一笔巨额的版税。她就是用那些钱买下的诺弗勒，同时向外界完成了一次壮美的宣告——她的经济，与感情一起，都可以完全独立了。

她很快就喜欢上了自己的新住所。相对于巴黎第六区的繁华，诺弗勒城堡俨然有着与她的气息契合的野性与孤寂，让她可以完整地释放占有欲——性格里的对某种空间的占有欲。

"它抚慰我童年的一切痛苦。"童年时期，母亲购买土地，被地籍管理员欺骗，那种带给整个家庭的毁灭性的痛苦；她被当作末等公民，禁止进入西贡市有钱人的网球场，那种带给成长的耻辱性的痛苦……而如今，皆被抚慰。她终于有一个完全属于自己的地方用来写作了。她拥有购买一座城堡的能力了。

"我可以躲起来写书了"，在城堡里，她是完整的个体，没有依附，没有标签，她可以自由地写作，叛逆地，高贵地，写一切想写的事物情感，用身体参与。

作家的身体也参与他们的写作。作家在他们的所在之地，也会激发性欲。就像国王和有权势的人那样。男人，那就好比他们在和我们的头脑一起睡觉，进入我们的头脑，同时又进入我们的身体。对我来说，也不例外。在非知识分子的情人那里，这一类迷狂也起作用。对一个工人来说，女人写书，正是他们之所无。所有男作家女作家加在一起，在世界各地，都是这样,都是最好的性对象。

——《物质生活》

那一段时间,玛格丽特在圣伯努瓦寓所与诺弗勒城堡之间交替居住,过着一种"非常非常非常情色的……致命的生活",人们称她为"梅萨利纳",一个以放荡闻名的女人。是时,她与迪奥尼斯之间的激情已经褪去,她必须不断寻找新的情人,以获得新的感情世界、新的痛苦与狂热。

以身体参与写作,欲望若是最真实的文本,感情便是永远敞开着的伤口。文字的灵感在情欲的温床中不断滋生、茂盛、萎谢、寂灭,如此周而复始,昭示写作的真相。

1955年到1956年之间,她曾有过非常多的情人,多得让她忘记了他们的名字。"我曾经有过许多情人",她晚年回忆的时候,就那样随意地给了他们一个整体的归纳。而那些情人,有着各自的面孔,各自的头脑,各自的身体,各自的职业……情事纷纭,年岁逝去,辗转几十年后,真正能够留在她的文字里的,能够值得她用文字纪念或鄙夷的,也终是寥落无几。

我们是在一次圣诞节庆会中认识的,那天夜里,我原本是到那里去看一个情人。他把我从会上带出来,可是我后退了,我想回去。他是我们共同的朋友,在巴黎,就像现在一样,彼此原本是认识的,他总是打电话给我的那个朋友,要他告诉我他在一家指定的咖啡馆里等我。他每天都在这家咖啡馆等我五六个小时,面对着大街,坐在那里,一直等了八天。我抵制没有去。我每天都要上街,可是巴黎这个地区我避开不去。当时我正在一次新的爱情中活得快要死掉。第八天,我再走进那家咖啡馆,无异于是走向断头台。

——《物质生活》

热拉尔·雅尔洛,那个让玛格丽特"走向断头台"的男人,也是一个作家。在玛格丽特心里,雅尔洛在写作上有着不可多得的资质,为人也非常有魅力。他风趣细腻,谦和可爱,与玛格丽特一样,有过形形色色的情人。他们在一起,度过了几年的迷狂时光。

情欲是黑色的海洋,写作是惊涛的风声。有一段时间,他们日夜厮守在诺弗勒,纵饮、狂欢,享受奔泻的激情。在酒精与身体的疲软中,抚摸灵魂,创作文本。

"在爱情中,他属于既野性又克制、既可怕又圆柔那样一种狂暴粗野。"雅尔洛身上有着让玛格丽特沉迷的狂野。那样的狂野比他带给她爱情的本身更令她惊喜。在强烈的情爱中,他教她饮酒,在深渊一般的静夜,屈服于酒精的沸腾。他让她躺在自己怀里听歌、写作、释放突如其来的欲望。

她想要的野蛮与谋杀只存在于欲望中。在痴狂的状态下,他们一起穿越了精神的陌生之境,抵达灵感的芬香与邪恶。

在恐惧中。在树林里。在不见人迹的小路上。一些池塘。天空。我们还利用沿河岸上的一个房间。我们做爱。我们已经没有什么可谈的了。我们喝酒。他还无情地打人。打脸。打身体上某些部位。我们相互接近都感到很害怕，不过没有震颤。

——《物质生活》

在她的记忆里，是他带给她超越爱情的体验。他是特别的，哪怕他情色、世俗、邪恶、满口谎言。

"谎话在话还没有说出之前，就已经涌到他的嘴上。"经过一段时间的相处，玛格丽特也发现了雅尔洛喜欢说谎。谎话说出来，连他自己都没有感觉到。哪怕是一件衣服的价钱，乘坐地铁的一段行程，一部影片上演的时间，与同伴的一次会晤，一个城市的名称，他的家庭，他的亲戚，他都不说真话。因为他已经习惯了说谎，甚至面不改色地说谎——谎言比真话更让他觉得舒适。

但她很快就习以为常了。是的，不过是相互吸引，并各取所需而已。她又何尝不是谎话高手？她十几岁时就已深谙男性的本质。所谓爱情，情欲与写作必会将其抽空，真相显露时，所有的一切，都将归为虚无。

我们陷入一种深沉的痛苦之中。我们哭。要说的话都没有说。我们后悔彼此并不相爱。我们根本什么都不知道。我们知道这样的事在我们一生中不会再有,但我们什么都不说,对于我们同样面临的欲望的这种奇异安排,我们什么也不说。整整一冬,都属于这种癫狂。当事情转向不那么严重以后,一个爱情的故事出现了。后来我就写了《琴声如诉》。

——《物质生活》

在那样一段癫狂的关系中,玛格丽特创作了《琴声如诉》,小说在子夜出版社出版后,再次得到了评论界的赞誉。她创造了一种独特的音乐式的语言,或文字形式的音乐。禁忌的爱情与死亡,血液的甜腥与馥郁,激情像木兰花香在指尖起舞,诗意的文本,狂野的思维,如歌的中板里,流淌着幽幽如诉的冷寂欲望,到达无声的高潮……

在雅尔洛的陪伴下,玛格丽特创作了电影剧本《广岛之恋》,第一次涉足电影领域。致命的爱情,短暂而永恒,那一部关于欲望、回忆、战争、毁灭、背叛、遗忘、精神迷醉的影片,在巴黎放映了六个月,后又在世界巡回演出,取得了巨大的成功。同时,影片也为她之后的光影岁月拉开了一个恢宏的序幕。

《广岛之恋》写完后,玛格丽特感受到了电影的魅力。她与雅尔洛又对《琴声如诉》进行了电影剧本的改编。1960年,《琴声如诉》的故事如期走上大银幕,在光影交错中,成为有声的画面文本。是年,他们还合作了剧本《长别离》,再次获得戛纳电影节评委的一致好评。

才华与激情的碰撞,总是火花四溢的。而对于雅尔洛而言,玛格丽特对他的帮助与影响,更是显而易见。她是他的情人,也是他的文学前辈,她给他指点迷津,让他的天赋得到最大程度的发挥。

那些年,雅尔洛创作了几个剧本,他在署名时都加上了玛格丽特的名字。1963年秋,在玛格丽特的指点与帮助下,雅尔洛的长篇小说《狂吠的猫》终于面世,并获得了梅迪西奖。他将散发着墨香的第一册书献给了玛格丽特,以重生之心,感激带给他名誉和梦想的亲爱的情人:

> 献给玛格丽特。
> 猫首先应该冲她狂吠,因为六年前,是她让我从默默的死亡中得到了重生。
> 还有很多乱七八糟的回忆,
> 色尼山的湖,那里有鳟鱼,
> 去苏埃那一年的香精味道,
> 整个巴黎和郊区,当然还有纳韦尔,今年的特鲁维尔⋯⋯
> 她在我这浩瀚的记忆里占了一半的位置,
> 再一次献给玛格丽特我永远的爱。

特鲁维尔,巴黎附近的一个临海小镇,意为"洞穴之城"。

在特鲁维尔的大海边，有一幢宏伟神秘的黑岩公寓，1963年，玛格丽特在报纸上看到广告，就径直开车去了那里，买下了其中的一套房间。在咸湿的海潮中，她仿佛可以触摸到童年肆虐的苦难、稀有的温情以及湄公河忧伤的风声。

她喜欢那里的大海，喜欢看广袤的天空。从大西洋深处升起来的天空，倒扣在沙滩上，有一种简单却无法企及的神圣之美。行走在无边无际的海岸线上，一如行走在无边无际的回忆里，就那样行走着，注视着大海，仿佛飘然一粟，孤独而饱满。

写作在房间内进行，窗户边，地板上，身体的内部，在房间所有能产生文本的地方，她都不可遏制地写作着。她说，迷恋是一种吞食。那样的暴力，在孤独中存在，在写作中存在，在一瓶又一瓶的威士忌中存在，在情人的怀抱中存在。

在海边，他与她激情相拥，情话绵绵。记忆多么浩瀚，时间多么浩瀚，梦想成真的幻觉一浪一浪地掠过热泪之眼，也难怪他一个不小心，就将须臾当成了永远。

他说她是他永远的爱。不管是出自谎言还是真心，几年之后，便再也不会惹人苛责。因为生命太短暂了，短暂得连一个考验都来不及经由时间。而旁人的记忆，则会在时间里自动过滤掉虚假，渐渐沉淀后，呈现出壮美、完满、激情、芬芳、永恒的样子。

"真是一个美好的男子，完美的人，这是就完美这个词所有的含义而言，是完美的，永远衰竭濒临死亡并不因此而死去，希求一死同样更渴望那种激情。"

1966年春,雅尔洛去世了,年仅四十三岁。

雅尔洛死后,玛格丽特陷入了深沉的悲伤。"有欲望,在性方面,也不能表达,这就把爱情抽空了。随后就是喋喋不休,还要纵饮。不,不。对此,只有为之痛哭。"

痛哭。那不是她的脆弱,而是人性的脆弱。在眼泪的咸湿中,人性通常比生命更明确,并以情欲昭示真相。爱情被抽空。诚然,或许那并不是真正的爱情,却也曾以爱情的形式出现过,停驻过,刻下印记过。

从圣伯努瓦大街,到特鲁维尔的海滩,再到孤独的诺弗勒城堡,遍地都是记忆。她酗酒,抽烟,把自己关在房间里,不停地写作,长达十年。她那美丽而无辜的容颜,也渐渐被时间、孤独、酒精、尼古丁摧毁了,被自己内心的暴力吞食了。

十年,甚至更久,她住在诺弗勒,与写作相伴,与赤裸的文字相伴。她的整个世界成了童年时期的秘密丛林,散发出潮湿腐朽的气息。她陷入了孤独、绝望、痛苦、自我迷失的深渊。她将其称为一种绝妙的不幸,她迷恋着那种不幸。

在那样的不幸中,她写出了一部又一部作品:《音乐》《英国情人》《毁灭吧,她说》《爱》《印度之歌》《恒河女子》……仿佛是在黑暗中独自行走的旅程,穿越茫茫之境,穿越无人的驿站,穿越野火一般的情欲,穿越童年的河流,从广袤的灵魂,到纵深的内心。

英雄梦想是夜色中不灭的神秘星光,为她照亮下一站传奇。

第四章
她以孤独打败时间

你的温柔,把我带向死亡。你一定毫无意识地渴望给我的死亡。每夜。

电影岁月：另一种爱情

"我把电影视作写作的支撑。无须填写空白，我们在画面上挥毫。我们说话，并且把文字放在画面之上。"

《音乐》是玛格丽特拍摄的第一部电影。1966年，她跟着保尔·瑟邦初学导演，拍摄自己的作品。电影是她在诺弗勒的孤独中创造的另一种爱情——把文字安放于画面之上，像体验一种探险。

谈及拍摄电影的最初原因，她说，只是为了避免遭受背叛。作品第一次被搬上银幕，是1958年勒内·克莱芒拍摄的《抵挡太平洋的堤坝》。但她认为那部电影完全曲解了小说的结尾，那已经不是她完整的作品了，与"降级""背叛"没什么两样。无独有偶，之后的《琴声如诉》和《直布罗陀的水手》，也同样令她失望。

"真的，全都背叛了我写的小说，到了我想象不到的地步，我真想不到他们能拍成这样。"她愤怒地说。所以，当她再也无法忍受那种失望和愤怒时，一切就水到渠成了。

玛格丽特在诺弗勒拍摄《音乐》，与摄制组的成员一起工作，疲惫而充实。她喜欢银幕上黑白交错的画面，带来世纪之初的混沌与分明；喜欢音乐本身的宗教仪式，形同爱情与葬礼，呈献出死去的时间，带来信仰、情欲、绝望。

"我总是在绝望中拍完电影"，她拍摄电影，包括一些室内的音乐话剧。很多时候，拍摄和剪辑都在诺弗勒的"暗室"中进行。在那里，镜头诞生，又被挑选组织，最后变成观众眼中的杜拉斯作品。

有一张照片，记录了当时的一个情景片段。她坐在摄影机下的椅子里，手中拿着剧本，一支烟夹在指间，目光里透露出神秘的威严。她已经不怎么打扮自己了，头发毛糙，衣着随意，面容显得臃肿，失去光泽与弹性，却意外地出现了男性化的线条，阴郁、坚硬、决绝、孤独。

拍电影是一种挑战。她遗传了母亲孤注一掷的勇气。一开始，很多地方都不懂，但她毫不退缩。有人嘲笑她，她毫不在意。没有人能够打击她的梦想，包括她自己。

"快，快，写吧，别忘了它是怎样来到你身边的。"与写作一样，她拍电影也是那样完全依照感性。疯狂的状态，第一状态，非理性，原始的混乱的状态。因为如此，才能拍出最好的作品，而不是商品。

拍电影，也是把对语言领域的征服，展示到画面上。在画面上挥毫泼墨，指点江山。她置身于孤独，又在孤独中创造自己的世界。

孤独也是一场战争。没有孤独,就没有作品。她相信生活与伟大的作品之间存在的古老敌对,就像喜欢时间与生命之间的挑衅。而她与电影之间的关系,她称之为——谋杀。

1968年,"五月风暴"来临,人们罢工、游行,引发了社会大动乱,继而是巨大的政治危机。"当前社会卑鄙肮脏",对政治悲观已久的玛格丽特,在自己的作品里,借由文字与画面,向外界的痛苦发出了控诉,充满暴力。

于是,关于黑夜,关于沉沦,关于毁灭的作品出来了,带着1968年变化的巨大的痕迹。《毁灭吧,她说》《印度之歌》《恒河女子》《在荒芜的加尔各答她名叫威尼斯》《卡车》《黑暗号轮船》……在作品中,她剥离传统,拒绝庸常,行文风格越来越疯狂。她走的是一条无人走过的神秘道路,音乐伴她前行,文本既是探寻本身,又是探寻的工具。

她读《圣经》,她喜欢"传道书",喜欢创世纪之初的混沌与虚空。她也读古典作家们的作品,读儒勒·米什莱书中关于巫婆的"寓言",读密语一般的诗歌,像一个预言者,得到了洞悉内心的神谕,得到了慰藉。她扬扬自得,迷恋于那样的时刻。

她的作品,在痛苦的密洞中出现音乐的质感,画面流动,是日光未及之处的暗河,非常抽象,逆光的抽象,有着无人涉足的原始野蛮。

1968年之后,她受到了许多指责与攻击。但是,她在那条路上却越走越远,在自己的密洞里越陷越深,与外界越来越隔阂疏离。在充满痛苦的世界里,她宁愿做一个邪恶的巫婆,与之格格不入,也不能忍受自己融化在人群里,那种平庸与雷同。

那个时期,玛格丽特有了一个新的称号——"女版的卡隆"。而卡隆,正是希腊神话中那个在冥河引渡亡魂的老人,他唱着:"该你们受罪,邪恶的鬼魂们啊!不要再希望看到天堂:我来把你们领到对岸,领到永恒的黑暗,领到烈火和寒冰。"

"世界将走向灭亡","生命是一场虚空",她的作品仍在继续。永恒的黑暗,烈火沉沦,寒冰禁锢,她身处悲惨的中心,描绘着破败、遗弃、衰亡、孤独。她相信,一切的惊惶痛苦,都源自童年。

"什么东西穿过了那里,但我没有看清,因为我们可以越过门槛而意识没有清晰的反应,也许是门槛太黑。此后,我便陷入了最黑的地方。让我叫出声来的就是这些东西。"

最黑的地方,来自童年。来自女乞丐的手滑过她皮肤时,那种潮湿的令人窒息的恐惧夜色;来自总督夫人的小轿车疾驰而过的那种闪电般的惊心……女乞丐,总督夫人,童年的人物被她再次安置进作品。从小说到电影,从一本书到另一本书,从一部电影到另一部电影,一些情节,一些人物,都在不断地重复和改变着。慢慢地,她拍出了一个印度系列。她给自己创造了一个印度。无关地理位置的真实,只是一个借用的地名,承载着殖民地记忆的一个地名。

"然而儿时爱情的绿色天堂……

它是否比印度和中国更远?"

加尔各答,当时是印度的首都,她笔下的"痛苦之都"、"噩梦之城",那个"酷热令人丧气"、"白昼都有黄昏光线"的城市,她其实只去过一次。十七岁,她在那里度过了一天。那是渡船的一个中转站。麻风病、饥饿、痛苦,是她所见的全部记忆。但她始终无法忘记那种记忆带给她的冲击——荒诞、烈焰的中心、世界死亡的灰烬……

直至1984年,那些故事在《情人》一书中重新拼图后,那个用以中转情节的"印度",才渐渐退至文本之后,粘带着几个虚设的名字。

1972年,玛格丽特完成了剧本《印度之歌》,其情节即是来源于小说《副领事》。1974年,她在法国驻印度大使馆正式拍摄电影《印度之歌》,安娜·玛丽·斯特雷特再次出现。

在电影里,安娜·玛丽·斯特雷特成了法国驻印度大使的夫人,与拉合尔的副领事有着一段情事,而副领事疯狂的爱,最终让她走向了绝境,消失于恒河。女乞丐则成了加尔各答本身和印度的象征,她神秘而疯癫,一路尾随安娜·玛丽·斯特雷特,生下孩子,最终又连同她的孩子,一起饿死在了海岛上。她也是安娜在电影中的另一个面孔,另一种身份。

"这个故事,是在感情发展到极点的一个静止不动的爱情故事。围绕着这个故事而来的,是另一个故事,一个可怕的故事(发生在腥臭、潮湿的季风季节的饥饿和麻风病),它也是在日常生活中发展到极点的一个静止不动的故事。

"那位夫人,法国驻印度大使的夫人安娜·玛丽·斯特雷特,现在已经死去(她的坟墓在加尔各答的英国公墓内),似乎就是诞生在这个可怕的环境中。她带着一种喜悦的心情生活在自己那个小圈子里。那里一切都在沉沦、堕落,但却永远是那么宁静。对这种喜悦,声音始终企图准确地再现出来。但它却是危险的,甚至对声音中的某些人也是危险的。

"在同一个城市里,这位夫人身边有一个男人,他就是在加尔各答失宠的那位法国驻加尔各答副领事。这个人由于愤怒和凶杀的企图,再次陷于印度那个可怕的环境之中。

"法国驻印度使馆要举行一个招待会,那位讨厌的副领事高喊他爱安娜·玛丽·斯特雷特。这一切都是在印度白人面前发生的,大家都看着他。

"招待会后,她便乘直通戴尔塔的客车到恒河口的海岛去了。"

《印度之歌》,全片由七十几个画面与五百多句画外音构成。画面上的人物没有语言交流。只有形体动作和景物的衬托。

另外就是音乐。迷人的音乐,总是具有独特的怀旧的能力。绵绵不绝的音乐,成了不可磨灭的重要痕迹,如同灵魂贯穿全片。

画外音也是复杂无比:两个女声、两个男声、孟加拉湾的雨声、风扇转动的声音、加尔各答的喧嚣声、花园舞会的声音、海浪声……引出遥远的陌生的国度、被殖民的印度人、苍茫朦胧的大地、麻风病、饥饿、流浪、情欲、爱、死亡……

1975年,《印度之歌》在戛纳电影节上放映了。字幕显示:玛格丽特·杜拉斯作品。她在安静地等待着新一轮的诋毁与批判。彼时的她坐在椅子里,疲惫而苍老,脸上没有任何表情。有没有人认可,她已经无所谓了。重要的是,她已经说出了那个悲伤而迷人的故事,已经截获了一段逝去的时间,去缅怀了体内深藏的痛苦。

同样,当影片在电影节上引起轰动并获得赞美时,她也没有丝毫的兴奋。"《印度之歌》迷住了整个电影节","影片是独特的,不同于以往的任何影片"……她不喜欢荣誉。她将骨子里的那份格格不入做到了极致。

1977年,玛格丽特成了《卡车》中的女演员,在剧本里,她写下"她具有平凡中的高贵",是为自我写照。

一辆在冬天的旷野中前行的卡车,她化身乞丐一般的老妇人,一路与司机对话。坐在驾驶室里,她一路高声地自言自语,大胆而疯狂。她失却了社会地位,失却了正常的精神,失却了安详与羞耻,便一切无所畏惧。卡车驶过平原、树林、河流,一路奔跑在贝多芬的变奏曲里。

是年,《卡车》再次在戛纳电影节引起轩然大波。汹涌的褒贬意见,将她再次推向了风口浪尖。然而是时外界的评论已经与她无关,她已经证明了,图像并不是电影的唯一。她已经把电影从图像的窠臼之中解救出来了,并让其成为声音的介质、文本的服务者。

"电影的谋杀","电影是另一种爱情",从1966年到1984年,玛格丽特一共拍摄了将近二十部长短片。

她一路跌跌撞撞地前行着,孤独而勇烈。她将传统与常规踩在脚下,与自己的作品一起,前往无人之境,去探索死去的时间。

仿佛置身于一场忘我的爱情。痛苦的真相紧闭于童年的沼泽之中,黑夜无尽降落,在一种名叫"电影"的艺术形式中,她以毁灭之心,终于拯救到了爱情的另一种轻颤。

1980 年夏：最后的情人来临

"我住在二楼。您在走廊里不会迷失的，走到头。在大镜子的右边。"

你找不到孤独，你创造它。玛格丽特如是说。彼时，她正在幽深的城堡里，举着酒杯，目睹墙上的一只苍蝇是如何一步一步死去。微小的死亡气息坠落于杯中，随即融入那芬芳的闪闪发光的液体里，被她一饮而尽。

"电影的谋杀"即将结束，她也即将全面回归写作，回归一种"专制的写作"、"被判的写作"。那是 20 世纪 70 年代末期，她一个人住在诺弗勒，坠入到了孤独世界的最底层。酒精与写作是推进的力量。在坠入的过程中，将产生大量的文本。文本也是无形的绳索，她用来进行捆绑，而不是自救。

饮酒，让孤独产生图像与声音。酒精进入血液，毒药一般流淌至全身，并迅速占领意识，令大脑产生幻觉。心脏在急剧地跳动，那种奇异的幻觉却足以承受世界的虚空，还有孤独之地那种默无声息的死寂。威士忌、苹果烧酒、啤酒、葡萄酒，她从不中断。

她成了一个十足的酒鬼,在醉酒中写作,依靠酒精生活,并从中得到痛苦和安慰。

"一个女人喝酒,那就像一个动物、一个小孩喝酒一样。酗酒因为是女人,因而引起公愤,成了丑闻:一个酗酒的女人,那是罕见的,也是严重的。无异于是冒犯神圣。在我周围,我就见识过这种公愤。"

那些年应是玛格丽特一生中最颓废低迷的时期。她的作品畅销国外——在美国,她的书很受欢迎,被赞誉为"法国最好的作家、最好的电影编剧",而在法国,在她自己的国家,却不时遭遇冷眼,甚至有一些人专门攻击她,攻击她的每一本书,张牙舞爪,姿态疯狂。

她不在乎那些攻击,却也越来越沉默,越来越孤僻。双重人格显露无遗。她不喜欢荣誉,却害怕读者的离开。她渴望被人包围,却又主动背叛友谊,冒犯公理,自我抛弃。

身边的很多朋友都离开了她。有朋友说她看重金钱,也有人说她尖酸刻薄。她专制霸道,说出来的话毫无回旋之地,当然也从不会理会他人的感受。

她获得了不菲的金钱。写书,拍电影,写专栏,都能赚到钱。但她并不像有些作家一样,去特鲁维尔去蓝色海岸的赌场里"烧钱",相反,她是攒钱,把钱存在银行里,像一个守财奴。只购置房产,仿佛重蹈母亲的覆辙——对世界永远缺失安全感,需要源源不断地用金钱和土地来填补缺憾的那个覆辙。

在孤独的痛苦中,她显得愈发苍老矮小了。时常面对一株孤木,一动不动地坐上几个小时,或者,给一群母鸡依次取上名字,拉莫尼亚、若斯亚娜、艾伦小姐……

她孤独着,没有情人。看她的彼时留影,低头的时候,竟有些佝偻了。容颜枯萎,年华不再。她老了,身上依然充满暴力,但也凭空有了破败荒废的气息。

1980年,在那个飓风肆虐的春季,玛格丽特搬到了特鲁维尔居住。时间苍苍,黑岩公寓荒废已久,而故物犹在,故迹犹存,那里的一切,都好似是在等待与她重逢。

"没有人能够代替上帝,就像没有什么可以代替威士忌。"

"我不相信上帝,相信上帝是不健全的,不相信反而是一种信仰。"

写作在继续。孤独在继续。饮酒在继续。风中的黑岩公寓,像一座被隔离的岛屿,在时光里,独守着最后的苍凉与最初的坚贞。她住在那里,在酒精的迷醉中坚持着她的文字信仰,孤独信仰,仿佛可以感受到一股神秘的力量。如此,文本产生时,也是带着海水的欲望的,孤独、盛大、潮湿、亲切。

每天,由太阳升起开始,由大海波涛平静开始,由与海浪一样无辜而平滑的天空开始。一天,又一天。她站在屋子里,看着夜光隐没在角落里,白昼带来无尽的虚无与孤独……她称那种神秘的力量为——背依远古时代的峭壁荒凉而光秃,与一个可能的上帝的绝对缺席相契合。

她坐在房间里，经常有铺天盖地的海浪从窗口呼啸而入，她并不惧怕。她想起的是童年的灾难，是遥远的记忆，是爱恨之间的裂痕。她也不与其他房客交往，偶尔下楼收取读者的来信。

读者依然会陆陆续续地写信来。她每一封信都会看，但从来不回。各种各样的读者，他们向她说着各种各样的话。

如是，岁月流逝，一个崭新的夏天正悄无声息地到来。连同一场不期之遇。连同，一切。远去的爱情、蛰伏的情欲，都将卷土重来，像从未到来过的那样。一切为她到来，只为她，杜拉斯。

> 我叫不出她的名字，我想是因为我首次读到这个名字，看到她的名和姓，这个名字马上把我迷住了。这个笔名。这个化名。这个作者的名字。总之，我喜欢这个名字。我永远喜欢这个名字。
>
> ——《情人杜拉斯》

时间回溯至几年前，故事其实是从一道目光与一个名字的相遇开始的。他叫扬，一个年轻的大学生，在康城学哲学。她的名字印在一个书封上，让他一见钟情。他将她的名字抄于白纸，用指肚深情地摩挲笔迹。他顺着笔迹上的姿势和力道，小心翼翼地去模仿她的签名。"心醉神迷"，他形容那种感觉。

那本书是《塔吉尼亚的小马》。他第一次读，感觉是无可比拟的喜欢。后来，他买下了她所有的书。他也抛开了其他所有的书，抛开了一切，包括父母和曾经的爱好，只读她的作品。他爱上了她写的每一个字、每一个句子、每一本书。读她的时候，他喜欢喝一点康巴利苦酒，一种书中人物喝的酒，让自己沉入她的孤独。读过之后，他会把书中的句子完整地抄写在纸上，羞耻、隐秘、愉悦、饱含爱意。在学校里，他无法忍受别人对她的批评，他与人辩驳，面红耳赤。他已经爱上她了。素未谋面，但他觉得自己已经跟她在一起了，尽管她一无所知。在他心里，杜拉斯即是文字本身。而他当时的愿望，只是成为一只抄写她文字的手。

1975 年，康城的吕克斯电影院在放《印度之歌》。电影放完后，她来参加一场讨论会。当时，导演习惯前来与公众交谈。必须组织一些讨论。我想买一大束鲜花，但又不敢买。我害羞。怎么在座无虚席的大厅里献花？怎样才能对付那些讥笑嘲讽和插科打诨？我没有买花。我口袋里有一本《毁灭吧，她说》。我想要一个签名。

——《情人杜拉斯》

他坐在第一排，在她对面。用眼神与她独处。多年过后，他依然记得初见时她的样子，栗色皮背心，鸡爪纹裙子，高帮皮鞋，表情中有神秘的痛苦。

他在台下替她紧张，为她感到担心。怕公众提出尖锐的问题，刺穿她的痛苦。他也试着提了一个问题，一个糊里糊涂的问题，她笑了,并且耐心地做了回答。讨论会结束后,他拿出口袋里的书请她签名。在人群里,他像一个普通的影迷一样,没有人知道他心底的铁马冰河。他走到她面前,对她说:"我想给您写信。"她温和地在书上写下了自己的地址:"您可以照这个地址给我写信。"

然后,她在一群人的簇拥下坐着小汽车绝尘而去,他呆立在小酒馆里,望着她消失的身影,仿佛隔着光年之遥。

巴黎,第六区,圣伯努瓦街5号。第二天,他就写了一封信给她。一写,就是五年。五年中,他给她写信,从不间断。他从来没有去过那个地址,也从来没有收到过她的回信。

五年,没有任何回音。包括只字片语,或一句简单的敷衍。但他依然天真地想,总有一天,他会收到回信的,哪怕是一个字。

直到1980年,她寄给他一本《坐在走廊上的男人》,才让他五年的等待有了归处。那是一本关于性事的书,充满了情欲。他没有看懂,也不知道要怎样回复她。主动了五年,期盼了五年,他竟然不知道如何被动了。

于是他停止了写信。

不久,她寄来了另一本书,《黑夜号轮船》。

他很喜欢那本《黑夜号轮船》,声称喜欢得要发疯。原来,她的书中,已经有了他的故事。书中的一些情节,是她为他而写。他写的所有的信,她也都保留着。更重要的是,她回了一封长信给他:

"我独自住在诺弗勒的那栋屋子里,那里可以住十个人。我一个人住着十四个房间。我已熟悉自己的回音……也许我说我喜欢你,就像我几乎喜欢我所有的电影一样……你的信就是你的诗。你的信很美,我觉得是我一生中见过的最美的信。它很忧伤……"

但他依然没有回信给她,因为他要亲自去见她。他去巴黎看她新上映的影片,去圣伯努瓦大街寻她。祈望着她那苍老的微笑在他面前降临。他是惶惑的,也是笃定的,在那个投递了五年的信址前,久久地徘徊着,迫不及待地想遇见,又害怕遇见……后来,他终是没有见着她。她又换了地址。于是,他乘坐火车返回了康城。

他再次拿起笔给她写信。每天好几封。有时候,一封也仅是简单的几个字。地点、时间或天气:晴或者雨。或者天冷。或者,孤单。那样的信,如她所说,"就像是从一个无法生存的、致命的、荒漠似的地方发出的呐喊",带着疯狂的破碎之美。

喝酒、读书、写信,偶尔在一台灰色的打字机上写文章、写诗。他忘不了她的话,她说她喜欢他的诗,喜欢他的信,它很忧伤。那是一种美丽的痛苦和疯狂,他虔诚地说。

1980 年 7 月的一天,我打电话到特鲁维尔。我知道她在那儿。我每周都读她在《解放报》发表的专栏文章,她谈论波兰、格但斯克,谈论灰眼睛的孩子、孩子突兀的脑袋和年轻的夏令营辅导员。我敢肯定她在写我。这个故事是为我而写的。我打电话给她。我说:"我是扬。"她开口了,说了很长时间。我担心没有足够的钱付电话费,我在康城的大邮局里打电话。我不能对她说别讲了。她忘了时间,说:"来特鲁维尔吧。这里离康城不远。我们一起喝一杯。"

——《情人杜拉斯》

1980年夏,具体日期应是7月29日,扬坐车去了特鲁维尔。他经过石板路,找到了黑岩公寓。可是他不知道她的套间在哪里。

没有下雨,他的腋下却夹着一把雨伞。到了公寓,他不敢看,也不敢抬头。他忐忑地走进电话亭,给她打电话。她让他等两个小时。两个小时后,他再次打电话给她。天色暗下来了,海平面起了风,她的声音从话筒里传过来,显得有些疲惫:"还没完,七点钟左右再打电话给我。到浴场路去买一瓶红酒。我住在二楼。您在走廊里不会迷路的,走到头。在大镜子的右边。"

他买了一瓶波尔多红酒,夹着雨伞,开始敲她的门:"是我,扬。"

她没有立即开门。她在等待。她在享受他敲门的声音,他说话的声音,一种微弱的、冷淡的、庄严的、柔和得令人难以置信的声音。她等待了多少年的声音,信中模仿无数次的声音,她生命中的声音。可以与话语分开的声音,流入她身体的声音。

几分钟后,他又敲了门:"是我,扬。"

她听着,眼睛里起了笑意。她慢悠悠地打开门,看到他。

二十七岁的扬，金色头发，高瘦，苍白，戴着细框眼镜，留着两撇英俊的小胡子，像个布列塔尼人，有着含蓄的优雅和羞涩。他提着一个黑色的小布包，装着简单的行李。她看到了他腋下的雨伞，木柄的，好似中国的油布伞。他的雨伞让她想到遥远的中国，难言的亲切。她对他微笑，然后拥抱，像故友重逢一样，真诚而自然。

在房间里，他们坐下来喝酒，他沉默不言，只听她一搭一搭地说着话。天气、写作、心情、家常，特鲁维尔的一切——那样的谈话模式后来延续了十几年，他听，她说，彼此都是满足。

在黑岩公寓的阳台上，他见到了油港勒阿弗尔。水天通明的海面，生了徐徐的风，美而忧愁。大型客轮仿佛就要向他们驶来，带着远处古远的夜空，带着水晶般透明而迷离的灯光。

她知晓他的心意，便开车带他去勒阿弗尔观赏夜景。在大海边，他们一起唱歌，大笑，享受久违的快乐。她告诉他，灯光，是世界上最漂亮的东西，让她百看不厌。他笑起来，看着梦幻的灯光照在她苍老的脸上，渐渐显露出神谕的色泽……

那种色泽，让他迷恋了一生。或许他尚不懂得人生中究竟存有多少璀璨与缤纷，但彼时彼刻，他势必已经知晓，自己的生命走过的二十七年，原来，都是为了奔赴那色泽而来。

为了创作您,我要先毁掉您

"来爱我吧。来吧。到这张白纸里头来。和我一起。"

是夜,他们作别油港的灯火,驱车回到黑岩公寓。大厅里很安静,他们对饮,在空气中留下喝酒的声音。

上楼后,她给了他两张床单,并拥抱了他。带着微醺的醉意,他睡在她儿子的房间里,在那个悬于大海之上的建筑物中,他无比温柔地想念了她,然后沉沉睡去。

翌日清晨,他郑重地告诉她:"我想留下来,和您在一起。我们不分离了,我们一起喝酒。"

经历了那么多的年岁日月,那么多的孤独,那么多承受青春欲望和磨难的时光,在一起,已不是一个仓促的决定,而是一个多年的愿望。

爱,因为孤独,所以靠近;因为虔诚,所以审慎。

我留下了。我用打字机打给《解放报》写的专栏文章。
您口述,我怕跟不上,我打字打得不熟,用两个指头打。她笑了，说她从来没见过谁用两个指头打字打得这么快。我们写着那个灰眼睛的孩子和年轻的辅导员，写波兰、莫扎特之爱和这句老话：我早就爱上你了，永远，永远，我永远也不会忘记您。

——《情人杜拉斯》

1980年9月，她为《解放报》写的专栏文章集结出版了。她把那本书献给了他，题名为《八〇年夏》，以纪念他到来的时间。她还给他取了一个名字——扬·安德烈亚·斯泰奈。

和自己的笔名一样，她也取消了他父亲的姓，并安排了它们在精神上的血缘关系，不可分割。扬，是他本来的名字，安德烈亚，是他母亲的名字，斯泰奈，是她书中人物的名字。她说："有了这个名字，您就可以安心了。大家都会记住这个名字的。谁都不会忘记。"

有了新的名字，就有了新的开始。他留下来了，从此成为她的生活伴侣、文字秘书、电影演员、专职司机、私人保镖……还有，她的情人，她最后的情人。

"她在写，她生命中的每一天都在写"，在玛格丽特的生命里，写作永远比生活更重要。在扬到来的第二天，他们就一起关在家中写作了。当时写的是《死亡的疾病》。她口述，他配合她打字。为了跟得上她的语速，他必须尽量快打，免得忘词。作品在不断产生，带着一种难以描绘的痛苦与激情。

写作是痛苦的。她的精神非常集中，不能打断，怕一触即溃。扬害怕打断她，一边聆听着，一边快速地打着那些毁灭性的词语、句子。有时没有听清，也不敢问她，不敢让她重复，便只能自己硬着头皮应付。

她对他说："我相信到此为止了。写完这本书后，我再也写不出东西来了。已经结束了，这太可怕了。但与此同时，我也将摆脱这种苦差事了。"而事实上，她一直在写，写完了一本后，又开始写另一本，每次都像经历一种甜蜜的苦痛，无法躲避。

> 几个月后，她开始拍《阿嘉塔》，兄妹之间的一个爱情故事。影片的全名叫作《阿嘉塔或无限的阅读》。那也是一个剧本。电影是在特鲁维尔拍的。比尔·奥吉埃扮演妹妹，我扮演哥哥。电影的配音，妹妹由杜拉斯配，哥哥由我配。
> ——《情人杜拉斯》

扬说，拍电影真是可怕极了。因为他什么都不会，什么都不懂。他很紧张，就连一个走路的姿势，拍好几个小时也不能完全达到她那种杜拉斯式的要求。她喊叫起来，示范起来，但还是不行。最后，她干脆让他坐在一张扶手椅上，只拍脸。

是了，就是那张脸。让她想起小哥哥的脸。

《阿嘉塔》，一部讲述兄妹爱情的影片。不伦之恋，无法满足的欲望，被幽闭的爱情，潜藏在灰烬之中的话语。年轻的猎人顺水而行，最后一次看到妹妹的照片，并抛之于滔滔江水。江水流过时间，而锈蚀的时间也无法阻止记忆之门的敞开。

她用那样的一部作品，纪念对小哥哥的爱。无法存在之爱，在诅咒的安全中存活下来。而且在她心里，扬和小哥哥也有许多相似之处。苍白、消瘦、懦弱、温柔、病态的腼腆、俊美而年轻的面容。她的手指滑过扬的面容，告诉他：您多么英俊啊。只是您不愿意表现这份英俊，从来都不愿意，而这更为您平添了一份飘忽的，童年的优雅……和小哥哥一样……

还有《大西洋人》，是她为扬量身定做的影片。扬是影片的主角，也是唯一的演员。声音是玛格丽特的，在漆黑的画面中穿越过被遮蔽的空间。孤独的男人坐在黑岩公寓的大厅里，独自面对远方，面对波涛汹涌的大西洋。她正试图与他进行一场心灵的对话。

她说："这是我写得很漂亮的东西。这是我最好的电影。您真是棒极了。必须保持这个样子，像现在这样，这般目光茫然。这目光很天真，不谙世事，而我却知道些什么。我把您叫作大西洋人。以后，您就是大西洋人了。是我跟您这样说的。必须相信我。"

不久后，电影在巴黎的一家电影院放映，她在《世界报》上写文章，耐心地告诉读者们要如何寻到那家影院，却又写道，"千万别去，这部电影不是为您拍的。您不可能看懂。别去"。

她的双重人格再次显现。带着爱情里的私欲。她希望得到观众认同，又不愿分享自己的爱和秘密。那样的电影、声音、画面，扬那张天真无辜的脸，都是她的心爱之物，她只想留给自己。她无法忍受别人看到他，她嫉妒，她害怕，她那英俊而温驯的小情人，他身上的一切，她都不想让人看到。

她教他开车："我讨厌开车，我想由您来开车。"如此，在她的指导下，他又成了她的司机。她给他指路："右转，慢点。还凑合，不算太差。"

特鲁维尔进入了秋天，黑岩公寓空了，只剩了他们。那一段时间，如果不写作，他们就会坐在大厅里喝红酒，或开着车外出观赏美景。

有时，她去巴黎，就把他独自一人留在公寓里。让他等着，哪里也不要去，只等她回来："这没必要。您在巴黎没事可做。您在这里很好。您在这个美丽的套间里什么事都不用干。"

>她把我关在那个漆黑的房间里。不能忍受别人看到我。她想成为我最爱的人。唯一的至爱。没有人能取代。我也同样，成为她最爱的人。
>
>我们两情相悦。
>
>我们永远两情相悦。
>
>——《情人杜拉斯》

他说："我们绝对两情相悦。我们永远永远，永远的永远两情相悦……"他们在一起生活，成了一个爱情故事。所以，像所有的爱情故事一样，他们之间的情节，有甜蜜、有温情、有相濡以沫，也有争吵、有负气、有伤害猜忌。

她专横霸道，且心情难测。有时候，前一分钟还在和他跳舞，欢笑，唱机里放着他们喜欢的歌——埃尔韦·维拉尔的《卡布里，完了》，而下一分钟，她就会莫名生气，咒骂他、驱赶他，把他的东西塞进手提箱，然后把箱子从窗口丢出去，并大声呵斥他："我再也忍受不了您了。您必须立即走，回康城去。就这样。"

就这样，他沉默着接受她的告别拥抱，又沉默着走出去，在院子里拾起那只手提箱，依照她的命令，立即走，回康城去——谁知她又站在栏杆上喊："扬，接住！"他抬头一看，她便扔了个东西下来，原来是埃尔韦·维拉尔的唱片。

就这样，他提着行李箱一直走到多维尔车站。当时已是半夜，他拦了一辆出租车去康城，去火车站旁边的都市旅店。他看着唱片的封套，看着埃尔韦·维拉尔的照片，看着写在上面的字：再见了，扬，永远再见了。她还签了名：玛格丽特。

玛格丽特。他看着她的名字，瞬间，浓郁的思念就高过了强烈的委屈。他打电话去黑岩公寓，请求留下来。她说："不，这太难了，我再也忍受不了您了，结束了，别再回来。"

然而在人来人往的车站，除了她那里，没有一个地方可供他停留。从他决定奔赴她的那刻开始，他就没有想过要回头。学生时代，他抛弃了一切读她的书，给她写信。到了黑岩公寓，他不见任何人，连自己的母亲也不敢见，就是为了给她最大程度的安全感……

他是断了所有退路来爱她的。

可是，她还要折磨他，摧毁他，摧毁他满具生命力的美。波德莱尔有惊世之言：比美更美的，就是将美摧毁。

"为了创作您，我要先毁掉您"，所以，她将他身上所有的棱角都磨平，将他的羽翼折断，给他新的生命，以爱之名。爱是恒久忍耐，爱是恩慈。爱一个人，就是给予了她身体，还要献出灵魂。爱一个人，就是当她打你左脸的时候，还要主动伸出自己的右脸。

就这样，第二天早上，他就坐出租车回去了。她开门，像一个孩子般兴高采烈。她说："我把您赶了出去，您又回来了。您没有一点自尊。人到了这种地步真是不可思议，难以置信。"他不说话。然后，他们拥抱，喝了杯红酒，像没有发生任何事一样。她说："我希望您没有忘记那张唱片。"

一切平复。唱片被再次放进唱机，他们又开始唱起《卡布里，完了》，在黑岩公寓里，永生永世也唱不完似的。

爱你，爱我，爱得更热烈

"爱，就要彻底地爱，包括身体、皮肤。"

他是同性恋者。她很快发现了这个秘密。这样的始料未及无疑让她觉得更有趣。奇特而危险。她不排斥他，相反，她在内心里，是更喜爱他了，连同他埋藏在身体深处的隐私，他那贫瘠而痛苦的快乐。

"所有的男人都有可能是同性恋者，只是他们还不知道，没有遇到相附者，或遇见将之显示给他们的那种明显性而已。同性恋者对此是知道的，而且明白地讲出来。认识并且真爱这些同性恋男人的女人对此也是知道的，同样也在谈说。"

她爱他，但一开始，他还是畏惧。夜色中在他面前裸露的女人身体，宛若迷狂的毒药，简直具备死神的力量——哪怕，是一具年老的躯体。害怕，心慌意乱，在她强迫他爱她的时候，他仿佛遇到了某种袭击，浑身疼痛战栗。畏惧就像是横亘在他们之间的一道河流，欲望在其中汹涌，若涉水而过，就是芙蓉万朵。

"我在等你，就像等待一个将毁灭这份感激之情的人……温和且仍是火热的。这份感激之情是献给你的，完全献给你，全心全意献给你。"

"瞧，扬，我的皮肤很嫩，那是因为季风雨。您知道。是的，皮肤保护得很好，只有脸受摧残了，其他部位并没有受到影响。大腿，您看我的大腿，它们又长又结实，活像小伙子的大腿。大腿没有变。我运气不错。"

"把你的唇给我，快过来啊。"

——她必须取悦他，引诱他，继而征服他，从灵魂至肉身。她必须把自己的疯狂与情欲一并传递给他："扬，您是个七尺男儿。吻我。我在这，您想怎么做就怎么做。"在年轻的情人面前，她重新找到了自己充满欲望的身体。

如果没有情欲，在她的世界里，爱情不过是一页空虚的白纸，永远不可能成为一部作品。

"她强迫他爱她，就像他爱她的作品一样。完全爱她，他甚至都想不到还能在肉体上爱她。他无法逃避，她是他们之间将发生的一切的动因，无法阻挡……他感到有东西袭击他，他只能屈服。"

他不逃避了，他终于屈服了。屈服，奉献，继而爱上她的身体。

"是她让我明白了肉体的存在。"他说。

同时，屈服激起的一种新生的诱惑，令他蒙住了双眼——占有她，并得到难言的快乐。屈服也让他清醒，他对她的爱，将完完全全超越对宗教的崇拜，以及忠诚。

她问他:"您爱我吗?您爱我吗?"

他没有回答。

她又说:"如果我不是杜拉斯,您决不会看我一眼。"

他依然没有回答,也无法回答。

她生气了,说:"您爱的人不是我,而是杜拉斯,爱的是我写的东西。"

她说:"您写'我不爱玛格丽特'。"

她递给他一支钢笔、一张纸,说:"写吧,照写就行了。"

他没有写。他知道她本身就不愿意读到那句话。

她说:"扬,要是我一本书都没有写过,您还会爱我吗?"

他低下头来。

她更生气了,为他的沉默。她说:"可您是谁呀?我不认识您,我不知道您是谁,不知道您跟我在这里干什么。也许是为了钱。我先告诉您,您什么都得不到的,我什么都不会给您。我了解那些骗子。别想骗我。"

他继续沉默。

她极不情愿地一步一步落入自己设定的窠臼之中:"这肯定是碰巧让我遇上的。这样一个家伙,一言不发,什么话都不说,什么都不懂,一无所知。让我遇上这事,是我运气不好。可您不要再待在这里了,您从哪来回哪去吧!我受够了,您在这里没有任何事情可做。我不认识您,我不知道您是谁。"

接着,她气急败坏地把他赶出家门,并威胁道:"您在这里一无所有。一切都是我的,一切。您听见了,钱是我的,我一分都不会给您的,一分都不给。您什么都没有,您是个头号废物。"

　　我可以这样说:她创造,并且相信自己创造的东西。她创造了我,给了我一个名字,给了我一个形象,叫唤我,从来没有人像她那样叫过我。她日夜给我词汇,一些词,她的词汇。她什么都给,而我待在那里,我就是为了那些词待在那里的。我不提问题,什么都不问。
　　　　　　　　　　　　　　　　——《情人杜拉斯》

　　他从来不提问题。"您爱我吗?"这样的问题,他从来不问。他依附于她,像她的一件作品那样依附于她。她让他做什么,他就做什么,她要他怎么做,他就要怎么做。一切由她做主,他完全没有说"不"的权利。每当那样的时刻来临,他都会觉得自己是不存在的。

　　在饭店里,她永远只点自己喜欢吃的菜——她甚至不知道他喜欢吃什么菜式。在家中,她喜欢吃酸醋韭葱,就连吃十天的酸醋韭葱,她喜欢越南色拉,就连吃两个星期的越南色拉。他穿她指定的衣服,用她指定的香水。她说青橄榄是黑的,他就必须附和她说,青橄榄是黑色的。

　　她不能容忍他跟别人通电话,说:"没必要打电话给别人。打电话给您母亲、您姐妹,这没必要,因为有我在。我比别人聪明得多。您没有朋友,只认识一些无用之人,一些超级窝囊废。到了这种地步,真让人害怕。"后来,她取消了房间里的电话,他也不再使用电话。

当然,他也曾试图拯救过自己,对她的"暴力统治",作出本能的反抗——"不,不要这肉片,不,不要这件衬衣",或是离开她几天,但他很快发现,那一切都是徒劳。就像他也曾动过"希望能靠自己的经历生存一段时间"的念头,但他很快感到,连那种念头都是一种罪行。

罪恶之爱。毁灭之爱。超乎常理之爱。这是对爱的考验,还是对人性的考验?盛气凌人的私欲之下,她的心底又到底隐藏着多少恐惧与自卑?

她担心自己的苍老不够驾驭他的年轻,所以受不了他的未来;她担心他不怀好意,有天将钱财席卷而空;她担心他会去诱惑她心爱的儿子,便不许他们单独见面;她也担心其他的人将他抢走……她要做他最爱的女人。不,是唯一爱的女人。包括他的母亲,他的姊妹,都不可以得到他的爱。

"我们之间的爱情太伟大了,伟大得让人恐惧。"有一次,扬出走了,她非常害怕。她打电话找他,开车出去找他,报告警察局找他。

她在纸上写道:

"我知道这最后一夜让我们永远地分离了……一切都死了,受到传染,甚至我们过去对彼此的欲望也死了。"

"一切都结束了。没有我您在这世上很孤独。您自由了。"
……

她并不知道,他一直住在旅馆里。三天后,他主动打电话给她,她说:"告诉我您在哪里。我去找您。我们喝一杯。"

他们在一家酒吧里见面。她来了,化了妆,脸上扑了厚厚的粉,嘴唇上涂着亮烈的口红。她对着他笑,将近七十岁的笑容了,却可以引诱他。

多年后,他回忆起来,依然觉得往事恍惚,凄艳迷离:"她微笑着,像是一百岁,一千岁,也像是十五岁半,她要过河,中国人的那辆非常漂亮的小轿车将载着她穿过稻田,直至西贡市的沙瑟卢·洛巴中学。"

他们坐在一起喝酒。她端着酒杯,表情温柔而忧伤,苍老的红唇上弥漫着璀璨的酒色:"您演的这场闹剧真是让人难以置信。而且,还是我掏的旅馆费。"

然后,他们在酒精中和解,又待在一起了。

"待在一起,就是爱情、死亡、言语、睡眠。"1982年,危险之年,她生了一场大病,第一次感受到死神降临自身的气息。因为长期大量酗酒,她的肝脏严重受损,大腿也浮肿了起来,各方面的反应也开始迟钝,好像随时都可能倒下,彻底昏睡。如是,他们只能先回到诺弗勒城堡,再请医生为她全面治疗。

她拒绝住院,"我已经到了可以死亡的年龄了,为什么还要延年益寿?"她以为自己就要死了。病情越来越严重了。死亡,这个她经常挂在嘴边的词语,这个她与他经常讨论的哲学命题,当真就要在她的身上应验了。

她想起就在不久前,他们还谈论到死亡,在他面前,她趾高气扬地问他:"拿这个我不熟悉的东西怎么办?怎么对付它?怎么办?扬,您告诉我。我们一同自杀,您觉得怎么样?我给您钱,您去买一把手枪。我们自杀。"

他不能扫她的兴,便积极地应道:"好啊。谁先开始?谁先打死对方?"

她立即变得狡黠起来,微笑着说:"我先开始吧,然后再看看情况如何。"

他也笑起来,接着,两人捧腹大笑。

1982年10月底,玛格丽特病情恶化,不得已只有住进医院。她的肝硬化已经非常严重了,生命危在旦夕,必须马上动手术制止细胞的死亡。入院前,她打碎了从不离身的玉手镯——那只手镯,是十五岁时母亲给她的。她在昏迷之中想起母亲的话,假如手镯被打碎了,必须把它埋掉,否则戴它的人会死的。

是夜,电视上播放着《印度之歌》,人们都在向她致意,但她躺在手术室里,沉沉睡去,一无所知。

扬把手镯埋了,日夜陪伴在她身边,照顾她、守护她。死亡来临时,他才明白自己原来是那般害怕她离去,他哭泣着,再也笑不出来。

她一边昏睡一边说胡话,陷入臆想的恐慌之中:

"我看见了鸟,我看见了蓝色的奶牛。"

"我的体内有炸药,却又永远不爆炸。"

"浴缸是具白色的小棺材。"

"我的妈妈,我的小哥哥,他们离我而去了。"

……

经历整整一周,她的器官终于挺住了,苏醒过来后,开始配合医生进行解毒治疗。如此,她捡回了一条命,却也失去了与酒精共舞的人生。

回到诺弗勒后,她不能再喝酒了,她知道,死神就在她的身后,就在酒精里。实在忍不住了,就用石榴汁代替,那深红色的芬芳液体,或许能让她想起葡萄酒。写作的时候,她就是喝着那种可怜的替代品向前行走的,"真是沉重的劳动",她苦笑着描述。

"这是真的。我们真的是同龄,我们相爱,不断重复、永不枯竭的总是这种爱。一种真正的美使它得以更新,并用文字表达出来。用某种文字。"扬也开始写作了。他用文字记录了玛格丽特住院期间那些痛苦而煎熬的日子,那些珍贵的时光碎片:

"我给您洗身体,洗头发。您让我洗。您说:'好好替我搓背,自己永远碰不到的那些地方。''我用勺子把剩下的汤给您。''我想睡在您身边,那儿,听您说话,听谁也听不到的东西,您说的这些话……您绝对是我最喜欢的人。'"

"两天两夜来,您大小便失禁。您说:'得买干净的床单。'我洗了两件长睡衣,晾在浴缸上方。人家给了您一件医院里穿的衫衣，那是一件背部开口的白色紧身衣。您说：'很漂亮，是上等棉制的。我们偷了它，送给您。'我们去浴室。您的大便很黑，您感到奇怪。您说：'我内出血了。谁也没发现。'"

……

1983年，他的那些文字集结出版了，书名为《玛·杜》。在那部以她的名字命题的作品里，流淌着的，是他们永不枯竭的爱，以及无人可替代的亲密。那些细节，在旁人眼里，或许微弱，或许粗俗，或许平淡，但在他心里，那是崇高，也是相守。

他们相守在一起。嫉妒、专制、发脾气，依然在继续，但显然谁也离不开谁了。他们不理会世俗的目光，经历过死亡，他们只想忠实于自己。

"扬！扬！您在哪里？"

"扬，杜拉斯的小配件，小配件您在哪里？"

——她喜欢什么事都喊他，她已经习惯喊他，习惯看到他在身边。

"跟她在一起，就是二十四小时全天候待命，full time。"扬甜蜜地说。

"爱您，爱我，爱得更热烈"，爱就是要勇往直前。

她经历过无数的爱情与男人，却为他保留了最初的柔情。他不爱女人，不爱女人的身体，却愿意为她改变一切，奉献一切，包括他的信仰，他的爱情，他的身体，他对性取向的坚贞。

爱的极致，不是从前相爱，不是现在相爱，而是爱她，完完全全地用尽一生。爱的珍贵,不是战胜时间,也不是忍受琐碎,而是在急速而暴烈的时间里,将琐碎一步一步变成传奇。

爱你备受摧残的面容

"与你那时的面貌相比,我更爱你现在备受摧残的面容。"

1983年深秋,乌塔在给母亲拍照的时候,曾向母亲提出编一部家庭影集的想法,名字就叫《绝对的形象》。影集将收录她从小至20世纪80年代初期的所有照片,另加文字说明,是为纪念,又可以进一步建立"杜拉斯传奇"。

是时,弗朗索瓦·密特朗已经当选了总统,玛格丽特作为他曾经的亲密战友,便理所当然地受到了他的特别推崇。她被奉为官方的重要作家,与总统一起四处访问演说,一言一行,都占据着新闻报刊的头条。

于是很多人以为,一个七十岁的女人,写了很多的书,拍了很多的电影,经历了众多的情人,她的人生,无论从哪一方面来讲,成就与辉煌都应该达到了顶点——但没有人知道,对于自己的人生道路,她从未停止过前进,无论身处何种境地,她都没有顺从过命运,不管是馈赠,还是摧残,无论是青春激昂,还是老朽不堪。

> 我已经老了。有一天，在一处公共场所的大厅里，有一个男人向我走来。他主动介绍自己，他对我说："我认识你，永远记得你。那时候，你还很年轻，人人都说你美，现在，我是特为来告诉你，对我来说，我觉得现在你比年轻的时候更美，那时你是年轻女人，与你那时的面貌相比，我更爱你现在备受摧残的面容。"
>
> ——《情人》

"我已经老了"，一开口，她就哽咽了。时间来到了1984年，她真的老了，七十岁了，容颜被彻底毁坏了，一张布满皱纹的脸，带着灾难过后的疲惫。衰败的面孔、苍凉的声线、灰白的头发、枯瘦的手指、僵硬的嘴唇、浑浊的眼泪……唯有记忆依旧鲜活如初。

指间的老照片已经泛黄了，藏着无数往事。是时候了，是时候将那尘封了几十年的秘密——那段"青春被隐瞒的插曲"，不可避免地说出来了，让记忆响应文本的召唤，让那些死去的时间，在泪水咸湿的温度中，在和煦的春风里，生出凄美的芽孢。

1984年春，玛格丽特在诺弗勒创作《情人》，她口述，扬打字。最初那个编写家庭影集的计划已经改变了，她决定写一部新的作品，用自己的故事，用一生中最大的激情，"写我的一生，写这一辈子所有的岁月，写现在的我。我从前从来没有写过"。

她一张一张地翻看着那些老照片，从童年，到青春，从中年，到迟暮。母亲、父亲、亲爱的小哥哥、永隆黄昏的马车、西贡市中学、单薄的老屋、开往法兰西的邮轮、殖民地的寂寥星空……短短流光几十载，当初懵懂无邪的婴孩已经变成一位饱经沧桑的老妇。镜头定格了时间，时间又随记忆放逐，跋涉过野蛮而荒芜的岁月，最后抵达出生之地，那一片茫茫泽国，那一条日夜不息的河流，那一段短暂而永恒的情事。

"对你说什么好呢，我那时才十五岁半。

那是在湄公河的轮渡上。

在整个渡河过程中，那形象一直持续着。"

她想起那张照片，一张或许并不存在的照片。那张照片，成为诉说的源头。一个十五岁半的少女，站在湄公河的轮渡上，轮渡即将横渡湄公河。她穿着茶褐色的旧丝缎裙子，戴着一顶玫瑰木色的男帽，脚上是一双镶着亮片的高跟鞋，也已经旧了。她一直站在那里，靠在渡船的栏杆上，孤独地望着汹涌的流水。

而她不知道，那张照片，那张她死活也寻不到的照片，为何会让她那样心醉神迷，又充满写作的欲望。

您正在口述那一幕，缺乏照片见证的那一幕：横渡湄公河，与那个将从漂亮的小轿车里出来的男人相遇，那个北方的中国人，您的第一个情人。我们在诺弗勒城堡，坐在那张大桌子边上，面对着花园。我等待着词汇，我用那台我很喜欢的打字机打着。那是一台黑色的打字机，很高。您对我说，那是战争时代的产品。我们写到了那个年轻女孩，戴着男帽，脚上穿着妓女常穿的那种嵌着箔片闪闪发光的鞋子。那就是您。您倚着舷墙，再过几秒钟他就要递烟给您了。而您呢，您说："不，我不抽烟。"您看见了中国人手指上的戒指，戒指上的钻石，金钱，爱情和将来的故事。您母亲将感到很高兴，高兴而非痛苦。而您将写出这个风靡全球的故事，一个可怜的故事，一个毫无意义的故事。

——《情人杜拉斯》

在文本中，她将自己变成了湄公河畔的少女，再次回到母亲与小哥哥的身边。她回到那个顽石一般的家庭中，放荡而忧伤，一次又一次地尝试背叛。

"这个孩子的死，我的小哥哥，我的爱人的死，我受不了。一点都受不了。永远受不了。死亡。那种爱，我受不了。"她说起她心爱的小哥哥，说起她对他的爱。她一提及"保尔"两个字，就伤心得泣不成声。

"焦糖的味道……烤花生、中国汤、烤肉、青草、茉莉花、灰尘、香和炭火的味道……"她也说起在轮渡上的那场遇见，她的第一位情人，那个送她戒指的中国男人，有着丝绸一样光洁的皮肤，他们在堤岸的昏暗房间里抵死相爱，又在绝望之中永久别离。

而彼刻，她最后一位情人正坐在她身边，他听着她诉说那个久远的故事，感动得泪流满面。

扬立即爱上了这个故事。就像他明白，自己留下来，就是为了爱她，让她活着，继而爱她的作品，爱她的人生，爱她的故事。他说："我发疯似的爱上了这个故事。"他与她一起探讨，一起感叹，一起创作了这个故事。很快，他们又一起把这个故事，告诉了全世界。

> 是的。我想像您一样，成为您，第一次来到这群岛。我还想待在那里，等词汇从您嘴里出来，从您头脑中出来。等待从那里出来的词汇，等待已经写下来的词汇，已经印成书的词汇，我可以读了又读。等待美妙的词汇，我和世界各地的读者可以第一次读到。您在那儿，所有年轻的读者都在那儿，他们独自或和您一道阅读那一个故事的全文，那也是我们的故事。
>
> ——《情人杜拉斯》

属于他们的故事早就开始了。从他读到《塔吉尼亚的小马》的第一天起，从他第一次往圣伯努瓦路给她写信起，从她第一次给他开门起，从"八〇年夏"的第一个吻起，从第一次争吵和第一本书起，他们的故事就不会结束了，一辈子都不会结束了。

他们的故事，无人可以复制，无人可以取代。他们的故事，"1980年第一个夏天的故事，非常年轻的扬·安德烈亚·斯泰奈与那个写书的、跟他一样在这大如欧洲的夏天形影相吊的老女人之间的故事",必将和《情人》一样,以文字为载体,在时光之河里永恒流传,光芒不息。

不久,《情人》的书稿就送到了子夜出版社。子夜出版社看到了书稿的商业价值,当即便决定首印 25000 册。而在此之前,该社的单本印数尚不足 10000 册。

1984 年 9 月 4 日,署名杜拉斯的《情人》一书正式出版发行,25000 册竟被一抢而空。紧接着,加印、售罄,再加印,再售罄。后来,这本完全自我、与商业目的全无牵扯的书,居然在半年时间里,就印刷了 250 万册,创造了 20 世纪法国出版界最伟大的奇迹。

与此同时,《情人》也被译成了各国文字,销往世界的每一个城市。各家报纸纷纷报道,"杜拉斯热"来临了,《情人》时代来临了。全世界的人都爱上了那个故事,那个孤独而绝望的故事,那个湄公河畔的少女,那个忧伤的中国情人,那个讲故事的老者。

当时有读者说:"在一个月之前,玛·杜对我来说还只是一个专门写令人昏昏欲睡的小说而且复杂得要命的作家,搞一些让人看不懂的电影……"也有读者说:"一向认为杜拉斯是枯燥的、知识分子式的小说家,读了《情人》,才发现小说中有着如此丰富的情感、力量、激情,惊奇不已。"……

是年秋,电视台一个著名的读书节目采访了她,就那样,她对着镜头，用威严的声线，缓缓道出了形同预言的一切：与扬·安德烈亚之间的忘年之恋，酒精，童年，从前的家庭，写作的痛苦，一生流浪与孤独的理由……就那样，她用睿智与机敏征服了所有的观众，又用大胆与赤诚，打动了所有的人。

节目播出后，有许多人挤进书店寻找《情人》，想带走那个风靡全球的故事，也有许多人围到她家门口，想一睹女作家的风采。一部分人读懂她了，写作了几十年，从认可到懂得，真是一段跋山涉水的黑夜旅程。如今，晨光已经降临了，她也似乎离外界越来越近了，被喧嚣与荣耀包围。

1984年11月，法国龚古尔文学奖又将唯一的荣誉授予了她，授予了《情人》的作者——玛格丽特·杜拉斯。

彼时她与扬·安德烈亚已经搬到了特鲁维尔的黑岩公寓，那个他们第一次见面的地方。接到出版社电话的时候，他们正在阳台上吹风，没有鲜花，没有美酒，只有陪在身边的爱人。

得奖后，她在电话里说，"龚古尔奖没有任何拒绝我的理由"。

七十岁的她，依然自负如初。

在特鲁维尔，她也依然写作着。盛大的荣誉，将带给她新的力量。"死神最早也要等到书写完以后才能来"，她自信能够用写作战胜死神，她不怕死神，却怕自己的生命不能为了写作而活。

不写作的时候，他们就会站在黑岩公寓的阳台上，安详地说话，听着房间里的老唱片悠悠旋转，一直到黄昏降临，油港的灯火渐次亮起。大西洋的海风经常会揉乱她的白发，让她在他面前，显露出少女般的天真。

她说:"如果我们相爱,如果您爱我,那就再跟我说一遍。您爱我吗?回答我。"

他回答说:"我爱您胜过爱世上的一切。"

"真的?"

"还要更爱。"

她笑起来。

于时,空中恰好传来探戈的舞曲声,丝绸一样滑过皮肤,他们轻轻哼唱《卡布里,完了》,一起背诵着爱的乐章。

时间匆匆,太过匆匆,昔日少女,转瞬迟暮,人生匆匆数十载,她曾遍尝爱情,却也从不曾感受到彼时彼刻空气中的那种味道。

那种味道的名字,很世俗,叫作地老天荒。

"与你那时的面貌相比,我更爱你现在备受摧残的面容。"

这句话,是她代他说出来的。

一生中黑暗的悲伤

"这种孤独是我一生中最深沉也是最幸福的孤独。"

20世纪80年代,是玛格丽特生命中最后一个大创作的年代。《情人》畅销了,她也从中得到了新的激情——一种紧迫的激情,与力量同在。她必须写作,像一个没有未来的人那样,不顾一切地写作,与时间赛跑,吸纳住力量,好像每时每刻都是捡来的一样……紧迫的时间放在10年、20年里,也嫌太短。

就那样,日月飞逝,岁不与人,她埋首于文字的世界,只争朝夕。《情人》之后,她又出版了《痛苦》《第二场音乐》《契诃夫的海鸥》《乌发碧眼》《诺曼底海滨的妓女》《物质生活》《艾米莉·L.》《夏雨》……其中《物质生活》是散文书信的集结,摘取了一些流动的思想;《痛苦》写的是罗贝尔·昂泰尔姆的流放经历,同时也是她对那段黑色战争史的回忆;《乌发碧眼》则是献给扬的,一个男同性恋者与女作家的故事,他们在一起生活,彼此孤独,又彼此依赖,始终无法分离……

和扬在一起的时候,她喜欢让他开车出去,陪她兜风,看一些被时间遗忘的风景，一些荒废的建筑物，汹涌的大海。看那些永恒的灯火，在夜的腹地闪烁，仿佛是想找寻什么，又想留住什么一样。

有一次，他们锁在黑色的小汽车里，沿着河边一直开。突然，她像一个孩子似的趴在窗户上，拍打着扬："您看，这就是湄公河。这条河真是不可思议。世界上还有比它更漂亮的河吗？看，水面上的那些灯光，怎样才能描写出来呢？"扬没有回答她，只是一直沉默地开车，像是要开到某种记忆里去，任凭泪水流淌。

他们有时也去书店。书店里堆满了署名杜拉斯的书，每一天，都有许多人从中带走她的某部作品。每一天，都有许多人等待着她的新书上市，像一群虔诚的教徒。

她成功了，却更加孤独了。

她感觉自己正在向一种无尽的黑暗走近，身边没有任何人，她就要疯狂了。就像她赚了很多钱，物质丰富，却依然无法获得安全感。

《情人》出版之后，她已经很富有了——当然对她来说，那并不是钱的问题。但是她需要钱带来的满足，那个庞大的数字，在耳朵里，在视线里，激荡起来的力道。

她不时地给银行打电话。"我还有多少钱？"当她听到那个令人振奋的数字时，会叫着扬的名字："扬，扬，您听听，这个数字……"她高兴得像个小女孩。只是那种高兴终是维持不了多久，一个小时，或一个上午，她又会觉得自己很穷，很穷，一无所有,被全世界的人看不起——然后又要打电话确认存款数额,高兴、失落、怀疑、感伤……如此往复不已。

而在她怀疑的时候,便是扬遭殃的时候。她怀疑一切,像一个巨大的专制的灾难,袭击视线以内的任何人——就像是她的一生都被童年的苦难禁锢,在枷锁中,永恒的牢狱中,不得解脱,她的痛苦和暴力,发泄在文字里,还不够,还要发泄在所爱之人的身上。

她会对他说:"您是谁呀?我不认识您,我不知道您是谁,不知道您跟我在这里干什么。也许是为了钱。我先告诉您,您什么都得不到的。我什么都不会给您。我了解那些骗子。别想骗我。"

他也会生气,夺门而出,将她丢在家里,一直等到翌日凌晨才回来。

就是在那样的孤独中,她又喝起酒来,然后写作,疯狂地写作。在那种疯狂而致命的孤独里,酒精是圣物,拯救她,酒精也是毒物,伤害她。

有时候,她与扬一起喝,起初是一点点,像试探一样,然后逐渐增加,后来就越喝越多,越来越无所顾忌。他们都发胖了,面部松弛,身上也生出了颓唐的气息,仿佛能看到时间凭空剥落的样子——一种被锈蚀的病态。

1988年,病患之年。是年夏天,玛格丽特再次住进医院,去进行解毒治疗。治疗很顺利,不久后,她就出院了。她以为自己逃过了死神的惩罚,生命的强大,让她相信自己已经重获了自由，又可以与时间与病痛抗衡了。

然而就在同年秋天，死神又一次造访了她，来势汹汹。在一次饮酒后，她突然感觉很难受，紧接着，就是呼吸衰竭。到了医院，诊断结果也出来了，原来她患上了肺气肿，还伴有严重的并发症。医生不得不对她进行人工昏迷。经过一番抢救，她的生命是保住了，但一直昏迷着，也发不出任何声音。为了救他，医生已经给她做了手术，就是切开一截喉管来帮助她呼吸。

只是她没有想到，那次被迫的昏迷，竟持续了九个月的时间。

您在拉埃内克医院住了九个月。昏睡了九个月，日夜输氧，没有呼吸辅助器您就无法呼吸。我每天都来，看见的是一具躺在那里呼吸的身躯。那是1988年秋天。过了年您还躺在那里，一句话不说，和那台帮助您呼吸的机器连接在一起。后来，我不知道是病毒还是微生物使您的病情变得严重。血压很低，身体变冷。我给您戴上帽子，盖上被子，心里非常惊慌。我相信您完了，我们几乎再也无能为力了。我们听天由命，等待着，不知道会有什么结果。后来，我们决定让您醒来。我们不让您吃安眠药。

您睁开了眼睛。

您看见了我。

——《情人杜拉斯》

扬一直在她身边，陪伴她，守护她，等候她，无微不至地照顾她。九个月后，她居然奇迹般地"复活"了。她说她得到了"生命之后的生命"，语气像一个沙场归来的战士，勇烈而悲壮。

她又一次从死神的手中逃脱了。她体验了死亡的过程，并洞悉了死神的秘密。而且，她还要将那个秘密，变成写作的素材，然后公布于世。

她不怕触犯禁忌——愈是不畏惧，不顺从，不妥协，她就会觉得自己愈是强大。

如果说，之前的那些日子于她而言都像是捡来的，那么之后的每一天，都像是偷来的、抢来的，每一天都带着霸道的匪气，带着隐秘的快慰。

在那种快慰中，她又将获得与死亡一般深沉的灵感，获得未知的梦境与海洋。

写作，不停地写作。

写作让她孤独，写作又需要孤独。

写作是祈祷，是背叛，是黑暗，是堕入黑暗，是与黑暗争夺时间复活的光芒。

写作是一支不老歌，也是一首安魂曲。

写作有多么痛苦，就有多么幸福。

"写作的孤独是这样一种孤独，缺了它写作就无法进行，或者它散成碎屑，苍白无力地去寻找还有什么可写。"

还有什么可写呢？童年、青春、战争、爱情，她永远都写不完。

生命如此短暂，而写作无限。多么幸运，多么悲哀。

1990年5月，她在巴黎得到中国情人去世的消息，悲伤得泣不成声。他说他会爱她，会一直爱她到死。她却从未想过他会死。她曾为他写下那么多的故事，那么多的文字，而他一直不知道。

他不知道《情人》畅销于世界的每一个角落，他也不知道《情人》被拍成了电影，地点就在越南。是时的他，已经躺在了坟墓里，守着湄公河的河水，任凭自己的故事，在世间流传不息。

《情人》在越南拍摄，导演是让·雅克·阿诺。但玛格丽特似乎对别人拍摄她的作品，从来就没有满意过。无奈版权已经卖掉，她又身体不支，如若不然，她一定要亲自拍摄《情人》，去越南，去湄公河，去重塑那份凄美的记忆。

1991年1月，《情人》的巨幅宣传海报贴满了巴黎的大街小巷，22日，电影《情人》在法国首映，影片大获成功。

只有玛格丽特，感觉到了自己的失败。因为她的作品被别人拍出来，完全不是自己想要的样子。银幕上，并没有她要的毁灭、侵蚀、生活的诅咒、湄公河苦难的淤泥，也没有她要的十五岁半的白人小姑娘的欲望……相反，拍摄资金都花在了巨型邮轮与假设的恢宏布景上。"垃圾，好莱坞的垃圾，蹩脚的电影人"，她喋喋不休地咒骂着，孤独地坐在影院里，悲愤不已。

悲愤是力量。她暂时不能重拍《情人》，但是，她可以重写《情人》。就在影片上映的同年，她又写了一本《来自中国北方的情人》，仿佛是一种报复。她写得很快，写得无所顾忌，也只有文字，可以让她那几十年的苍茫情感，寻到一个永恒的归处。

她说："在坟墓里，我永远十五岁。"

而彼时的她，已经七十七岁了，老得像一件古器物了。她回到了圣伯努瓦路，那个见证她一生的房间。扬依然陪在她的身边，与她一起孤独，探索一生中黑暗的悲伤，与时间争战，在文本的密林深处。

有一张照片，是在水池边拍的，她在后面抱住扬的腰，皱纹密布的脸贴在他的后背上，双唇紧闭，满目离愁。"快，给我一点力量，亲亲我的脸。"他的左手夹着一支尚未燃尽的香烟，右手紧握住她的手，表情凝重而哀伤。

"在我生命的这一时刻，有人这样大老远来看我，是件了不得的事。我从未谈过，的确，从未谈过我生命中这一时刻的孤独……这种孤独是我一生中最深沉也是最幸福的孤独。我对它的感受不是孤独，而是一生中至此尚未品尝过的决定性自由的机会。"

1992年，《扬·安德烈亚·斯泰奈》一书出版，那是她对他十几年陪伴的交代。从相遇的那一天起，他们之间的点滴，她都记得。也是她写给他的最长的一封信。她是把十几年不愿公布的爱意和歉意，都装在里面了——

"我们之间的激情会延续下去，我这一生剩下来的所有时光，还有您漫长的一生。没有办法……您会用尽一生来爱我。因为我几年后就会死的，比您死得要早得多，我们之间的巨大年龄差异可以让您安下心来,可以暂缓您遇到一个女人的恐慌。"

从 20 世纪 90 年代初开始,她其实就已经意识到自己时日不多了。身体越来越衰弱,精神越来越疲惫。她想做的事很多,但一切都力不从心。时间对生命的剥夺,无法阻止。她知道,死神又在向她招手了。彼时,除了扬和乌塔,还有两个护工,她已经不见任何人。外界的那些谈论与猜测,也都已与她无关。

放眼一生,她经历了那么多的情人,他们有些离她而去,有些被她抛弃,而到了最后,却只有他能够坚守在她身边。

他是她生命中最后的情人,而她,是他生命中唯一的爱人。悬殊的年龄,让他们失去了白头偕老的机会,但是他对她的爱,足足用尽了一生。也是他,给她带来信仰般的爱情,带来毁灭的激情,带来独一无二的懂得,带来黑暗与痛苦,带来最深沉的幸福的孤独……

然后,送她离去。

在坟墓里,我永远十五岁

"扬,我曾经那样爱过你。可如今,我必须走开了。"

在巴黎圣伯努瓦路的公寓里,夜色的轻幔渐渐遮蔽了天光,窗外的世界显得轻飘飘的。有一个孩子在街道上独自行走,口里念着《传道书》里所罗门王的话:"虚空虚空,我见日光之下所做的一切事,都是虚空,都是风的追踪……"

天色又暗了一层,他们的房间里还是没有点灯,电视机开着,声音极小。她坐在红色的大扶手椅里,微闭着眼,聆听着窗外的动静。他则躺在布满坐垫的沙发上,看着她。他怕她随时会睡着,随时会摔倒,他看着她的一举一动,每一个表情。

——这是1996年初的情形。他们在一起,而她就快要死了。她知道,他也知道。他们不挣扎了,就在那里静静地等待着。等待着时间流逝,死神召唤,真正的黑暗来临。

夜幕降下来了,唱机在幽幽地转动着,"来吧,爱人,我请您跳一支阿根廷探戈……"她笑了,在他的邀请下起身,可是,她很快就累了,累极了,精疲力竭,已经不能陪他跳完那一支曲子了。

> 是的,我们在那里等待。时间流逝。每天都像是偷生。又活了一天。我每星期给您洗一次澡。我把您抱到浴缸里。您大叫:"您是不是想把我杀死?您就是这样杀老妇人的?"您泡在水中。我擦着您的背、您的胸、您的臀部、您的脚,我给您洗头发。您叫道:"杀人犯,我早知道我会被您杀死。"我继续给您洗着,一句话都不说。我碰到了您的皮肤,您瘦瘦的,就像湄公河边的那个女孩一样瘦。中国北方的那个年轻的情人看见并且爱上了那个女孩。我把您抱出水面。您说:"我冷死了,我快冻死了,一点不骗您。"我迅速擦干了您的全身。我给您穿上一件长袖汗衫,一起到您房间里去,给您吹干头发。您很喜欢吹头发。您站在壁炉前,对着大镜子照自己的脸。您很喜欢浴后这么休息一会儿。接着,我给您洒了一点花露水。您搓着手,说:"我从来就不怎么喜欢这种花露水。这东西一定是您的。"
> ——《情人杜拉斯》

他给她洗澡,像偷看了她的青春。她腐朽的美丽,依然迷人。她的性情依然乖张,在他面前,竟如毫无城府的顽劣少女,可爱得一塌糊涂。她也是那个湄公河畔的十五岁少女,瘦瘦的身体,撑着饱满的欲望。是的,如果这一切尚有大把的时光来供其浪费,又还会有谁，要含着眼泪说伤悲？

每天晚上，他都会起床好几次，去她的房间里看她，看看她是不是一切都好，看看她是否还活着，是否还在那儿，是否还在呼吸。有时她会在半夜里起床，穿过套间，走到他的房间，轻轻喊他："扬！"他应声坐起，她笑了，说："是我。玛格丽特。"他睁开眼睛温柔地看着她："坐到我身边来吧！"她就坐到床沿上，开始与他谈往事，谈剧本，谈写作。

写作还在继续，一直到临死前三天，她都还在口述。在极致的疲惫与虚空中观望灵魂的幻象，然后将其编织成文本。《写作》，就是在那样的状态下完成的，它超越她的任何一本作品，那本薄薄的小书，语句精确，却毫无逻辑，思维残酷，却直指人心，如诗卷，如密语。那是她最后岁月的观照，也是她一生智慧的浓缩。

但《写作》还不是她最后的一本书。因为就在她去世的前一年，扬又将她曾口述过的一些零散句子和段落记录了下来，集合成《这就是一切》。她不断重复着《传道书》里的句子："虚空虚空，我见日光之下所做的一切事，都是虚空，都是风的追踪……"是为慰藉死亡的遗言。

那本书也是一曲关于激情的迷人挽歌，它昭示着生命的真相，所有的一切都将归于虚空，时间在记忆中倒置，唯有爱与孤独永不衰竭。

我曾想对您说

我爱过您。

惊呼。

这就是一切。

直到 2 月 29 日那一天,她再也写不动了。"不是我不写。我写了,却又没写。我摘来一片影子,采来一份光明,将它们组合在一起,既让它们离不开彼此,又使它们界限分明。但这样还不够。我借助的光总是不够强烈,我因此而死去。"

她写了五十余年,终于要搁笔了。"杜拉斯完了。我再也不能写作了。"她疲惫地说。

她是用生命在写作的。每写完一本书,就失去一部分自身。"写作即自杀",对她来说,真正没有什么可死的时候,就是死的时候了。就像死于沙场,是战士的命运,死于写作,同样是作家的命运。

"在你的泪水中,在你的微笑中,在你的哭泣中抱住我。"

他抱着她,坐在她的床沿上,说着话。她抚摸着他的身体,抚摸着他的脸。她的手,坚硬,指节突出,像某种神秘的模具。她的手停在他的脸上,像疼惜自己的作品一样,颤抖着摩挲。

她说,她想将他的脸,放在口袋里带走,远离人群与世间,到棺材里去。

他哭了,他凝视着她,如离散,如重逢。

她的手上,立即有了泪水的温度。

那一刻，他好像听见了她手心里传来的语言，听懂了她手上每一道指纹的叹息声，它们说：离别。

"为什么爱我？"她用苍老的声音问他，她非常疲惫，那种从未有过的疲惫，让她的声音听起来异常温柔，"谁也不爱我，从来就没有人爱我，哪怕是我最热爱的母亲，连她都不爱我。您为什么留下？"

他不说话，沉默着抱紧她，用眼神覆盖住她的下一个傻问题。

而她不再相问，只轻轻地说："扬，我不希望您有任何痛苦。"

他低头吻了她的额头。

她眼神闪烁了一下，复又暗淡下去，她说："请您原谅我的一切。我爱您，胜过爱世上的任何人。扬，永别了。"

永别了。"我们不能停止相爱"，她那句十五岁时说出的话，竟有如诗谶。

对于莱奥，是身份让爱止步。对于扬，原本可以抛开一切，却依然难逃遗憾。那样的遗憾，不是站在你面前不知道我爱你，而是心里存着执子之手与子偕老的心愿，生命却已经来不及。

他把她放到床上，躺在她身边。她抓着他的胳膊入睡了，他一动不动，不敢哭出声音，不敢惊动她。她睡熟了，那是1996年3月2日的夜晚。是他们之间的最后一个夜晚，布满死亡的温柔。

"你的温柔，把我带向死亡。你一定毫无意识地渴望给我的死亡。每夜。"

第二天，3月3日，星期天，清晨，巴黎，第一道和煦的春阳照耀在圣伯努瓦5号公寓的床上,她的心脏,温柔地停止了跳动。暴烈一生如她,孤独一生如她,被死亡带走时,竟可以那般静默安详。

玛格丽特·杜拉斯去世了。

下午的时候,扬打电话通知了乌塔,通知了法新社。杜拉斯去世的消息很快传遍了巴黎。那天所有的节目都在播放该则消息,记者们大肆渲染,大批读者涌向圣伯努瓦路,想目睹她的遗容,但没有人真正知道确切的情况,她的遗体已经被殡仪馆接走了——她是一个传奇,必将消失于传奇。

> 您无法制止死亡,我也无法制止死亡。我让您死去。您很孤独。我陪伴在您身边。您抓住我的手,又往上抓住我的臂,抓住我的肩膀,您紧紧地抓着,我感觉到您的手抓着我的皮肉,我知道您还不知道是我,是扬跟您在一起,躺在您一动不动的身躯旁边。您双眼紧闭。我无能为力,我知道一切都无济于事,除了等待那件事,那个词:肉体的死亡。为什么会死?为什么1996年3月3日的那个星期天死神落到了您头上,落到了圣伯努瓦路?为什么?因为事实上就是这样。因为没有任何话可说。只需证实死亡。心脏已停止跳动,所以不可能再活着。已经死了。您已经死了。独自一人死了。可以说,独自一人被死神带走了,而我还活着。
>
> ——《情人杜拉斯》

她死了,而他还活着——这无疑是世间最大的离别。

记忆将给生者带来无尽的痛苦。当他意识到她再也不会醒来,意识到世上再也不会有署名"杜拉斯"的书出版,他的整个世界,就都那样流逝掉了。

杜拉斯死了,她死亡的肉身,被送到巴蒂尼奥勒大道的太平间。他趴在窗子上,看着殡仪馆的车,带着她穿越街道,消失在他的视线之外……而那辆车上,没有准备他的位置。

我无法把您的名字"杜拉斯"与您的存在,与您,与您的身体分开。从此以后,只剩下这个名字,举世闻名的名字:杜拉斯。这三个字本身就包含了所有的书名和您写的一切文字,也包含了署名为"杜拉斯"的那个女人。这是作者的名字。它印在封面的上方,译成了世界上所有的语言。这个名字译成外语还叫"杜拉斯",到处都一样。这个名字单独成了普通名词,被读她的书和不读她的书的人,甚至被对这个名字一无所知的人们广泛使用。它毁誉参半,被人妒忌,遭人诬陷,受人虐待,似乎一钱不值。这个名字可爱而被人爱。它不属于哪个人。它属于大家,属于读她书的人,属于第一次读《塔吉尼亚的小马》、兴高采烈地喝康巴利酒的那些年轻的读者。它也属于别的人,属于读不懂她的书和没读过她的书的人。没读过她的书,离得远远的,这也没关系。因为杜拉斯的名字已经写下来了。全世界到处都能见到她的名字，只要打听一下这个名字，只需买一本书。书上有她的名字。谁想得到这个名字就可以得到这个名字。它不可能被人忘记。不，不可能被人忘记的。我的名字，扬，也不可能被人忘记。绝不可能，它已经被您永远地写进书中了。即便不叫这个名字，它也不会消失。

——《情人杜拉斯》

第二天早上，他去殓房看她。她穿着一件墨绿色大衣，是《情人》的出版人送给她的。脚上穿的，他们一起买的浅色皮鞋。她安静地躺在那里，脸上化了淡淡的妆，口红上，凝结着十五岁半的孤独。

她就在他的面前，但她再也不能说话了。不能喊他的名字，不能辱骂他、驱赶他、爱他。他看着她，最后一次看着她，冰冷的皮肤、闭合的双眼、凝固的血液、死亡的温度……他已经不能拥抱她。

葬礼在星期四上午举行，即3月7日，在圣日耳曼教堂，她躺在一具浅色的木棺中，与人世做最后的告别。仪式开始了，一块白巾盖住了她。从头到脚，只剩下一片白。

"有一天我们会死的。"

"是的，爱情将与尸体一起进棺材。"

"是的，棺材外面会有书。"

他的口袋里，放着一本袖珍版的《情人》，那是他最喜爱的礼物。

他曾想让那本书代替他陪她长眠地下，而在最后一刻，他没有掏出来。或许，他只是想在世间，为自己的爱情，留下一个卑微的隐喻——活着的人，比死去的人更脆弱，更需要陪伴，需要物件的安慰。

春阳普照，在人群的簇拥中，木棺被抬至蒙帕纳斯公墓，放在一个很深的洞穴中——她终于回到了文本中出现过千百次的洞穴，被孤独与大地一起封存。

后来，人们用水泥把盖封好，把洞穴填平，立上墓碑，上面刻着"玛格丽特·杜拉斯，1914—1996"，前面有两个字母"M·D"。

M·D，概括了她的一生。

她死前曾对他说："对我来说，死，没什么，但对你来说就很严重了。你会发现，没有我，没有我的日子将很艰难。几乎难以忍受。"

是的，他难以忍受。首先，他忍受不了那个房间，那个没有了她的房间。他搬了出去，没有人知道他去了哪里。他也忍受不了自己，他自杀，自暴自弃，流浪，抽烟酗酒，足不出户，不与任何人交往，他在腐臭的饭菜堆中与苍蝇、虫子一起生活。

直到他写出了那本书。

他想起她的话："扬，你只有一件事可做：写。"

"所以，我现在听从您。再次听从您。我写您……我像个疯子一样,打一封长信。每天早上都给那个叫玛格丽特·杜拉斯的女人写一封信。我写着,并不知道自己到底在写什么。"

于是,就有了《情人杜拉斯》。扬·安德烈亚·斯泰奈著。那是一封写给她的长信,关于他们的爱情,那些无法用唇舌道出的信仰与秘密。

彼时秋日,他带着书本去她的墓地看她。白色的墓石旧了,颜色脏了,有人来献过花,但已经枯萎了。

他拿掉了枯萎的花,换上三盆白色的雏菊。

白色雏菊,与她名字发音相同的小小花朵,她曾将自己比喻成它。

他将雏菊放在墓石上,簇拥着她的名字,那个永不腐烂的名字,"既有名字,又有鲜花"。

"什么叫想念?世上的一切都不存在了,没有回忆,没有任何痕迹,没有时间,只剩下爱情,也许这就叫想念。"

澄澈的秋日清风摇晃着洁白的花枝,他站在爱人的墓碑前,终于被内心的想念唤醒。他终于可以重新读出墓碑上的名字,墓碑上的姓氏,墓碑上的日期了。

"玛格丽特·杜拉斯,1914—1996。"

1914年,她出生于越南的湄公河畔,春夜暴烈的雨水,几乎淹没了清亮的婴啼。1996年,她长眠在巴黎的蒙帕纳斯公墓中,塞纳河在不远处静静流淌着,静得仿佛失去了声音——她曾带着扬走在郊外的河岸上,望着树叶堆积的河水,满眼乡愁地告诉他:"这,就是我的湄公河。"

"在坟墓里,我永远十五岁。"

不曾死亡,何以重生。

生命是轮回,死亡亦为归途。

"我是一朵花。我身体的各个部分都在阳光下爆裂,我的手指脱离了我的手掌,我的双腿脱离了我的肚子,直至我的发根,我的头颅。我感觉到初生时的疲惫,终于降临于世的骄傲的疲惫。在我之前,没有任何东西占据着我的位置。现在,我占据了这种虚无。"

美丽的白色雏菊。

永远的玛格丽特·杜拉斯。

在坟墓里,她终于回到了自己的出生地——潮湿的越南,那片疲惫的泽国。她在那里出生,目睹创世之初的浑浊。也是在那里,她成长为十五岁半的少女,站在湄公河的轮渡上,涂着口红,等待着情人,河水在阳光下闪着微光,人世虚无……而她一生可预知的孤独,正在风中流淌。

附　录　这就是一切

杜拉斯经典语录

　　爱之于我，不是肌肤之亲，不是一蔬一饭，它是一种不死的欲望，是疲惫生活中的英雄梦想。

　　写作的孤独是这样一种孤独，缺了它写作就无法进行，或者它散成碎屑，苍白无力地去寻找还有什么可写。它失血，连作者也认不出它来。

　　写作是充满我生活的唯一的事，它使我的生活无比喜悦。我写作。写作从未离开我。

　　你找不到孤独，你创造它。孤独是自生自长的。我创造了它。

孤独也意味着或是死亡，或是书籍。但它首先意味着酒精，意味着威士忌。

我在屋子里写作时，一切都在写作。处处都是文字。

写作可以走得很远……直至最后的了结。有时你难以忍受。突然之间一切都具有了与写作的关系，真叫人发疯。

作家是很奇怪的。是矛盾也是荒谬。写作，这也是不说话。是沉默。是无声的喊叫。

打开的书也是黑夜。我不知为什么，我刚才的这些话使我流泪。

仍然写作，不理睬绝望。不，怀着绝望。怎样的绝望，我不知道它的名字。

与尚未写成的书单独相处，就是仍然处在人类的最初睡眠中。就是这样。也是与仍然荒芜的写作单独相处。试图不因此而死。

写作永远没有参照，不然它就……它仿佛刚出世。粗野。独特。

孤独总是以疯狂为伴。这我知道。人们看不见疯狂。仅仅有时能预感到它。

在城市,在村镇,在各处,作家是孤独的人。他们无时无处不是孤独的。

在全世界,光线的终结就是劳动的终结。

写作像风一样吹过来,赤裸裸的,它是墨水,是笔头的东西,它和生活中的其他东西不一样,仅此而已,除了生活以外。

如果我不是一个作家,会是个妓女。

当我越写,我就越不存在。我不能走出来,我迷失在文字里。

干吗要介绍作家呢?他们的书就已足够。

我在想,人们总是在写世界的死尸,同样,总是在写爱情的死尸。

迷恋是一种吞食。

饮酒使孤独发出声响，最后就让人除了酗酒之外别无所好。饮酒也不一定就是想死，不是。但没有想到自杀也就不可能去喝酒。靠酗酒活下去，那就是死亡近在咫尺地活着。狂饮之时，自戕也就防止了，因为有这样一个意念，人死了也就喝不成了。醉酒于是用来承受世界的虚空，行星的平衡，行星在空间不可移动的运行，对你来说，还有那痛苦挣扎所在地专有的那种默无声息的冷漠。

对付男人的方法是必须非常非常爱他们，否则他们会变得令人难以忍受。我爱男人，我只爱男人。我可以一次有五十个男人。爱情并不存在，男女之间有的只是激情，在爱情中寻找安逸是绝对不合适的，甚至是可怜的，但她又认为，如果活着没有爱，心中，没有期待的位置，那是无法想象的。

杜拉斯，我烦透你了。

我不在别处，我就在书里。书就是空间、大海和自由。

我把电影视作写作的支撑。无须填写空白，我们在画面上挥毫。我们说话，并且把文字安放在画面之上。

不喜欢那种让所有的男人神魂颠倒的狐狸精式的女人，那种女人只有在制造悲剧时才可爱,在重罪法庭上她们才会令人敬仰。

发生一次爱情故事比上床四十五次更加重要、更有意义。

我身高一米五,但我属于全世界。

因为爱你,所以毁灭;因为爱你,所以离弃。

我更喜欢与很不爱我的人在一起,而不喜欢与太爱我的人在一起。

作品穿过一切,哪怕门是关的。如果我不写作,我会屠杀全世界。

我已经老了,有一天,在一处公共场所的大厅里,有一个男人向我走来。他主动介绍自己,他对我说:"我认识你,永远记得你。那时候,你还很年轻,人人都说你美。现在,我是特为来告诉你,对我来说,我觉得现在你比年轻的时候更美,那时你是年轻女人,与你那时的面貌相比,我更爱你现在备受摧残的面容。"

杜拉斯相关评论

没有感性的天才,就不会有杜拉斯的《情人》那样的杰作。

——王小波

杜拉斯的沧桑的黑白照片在封面上仿佛时光的印记,带着伤痛的平静。我一本一本地买。从未厌倦。即使在现在这样一个有人把谈论杜拉斯当作俗套的时候,我依然想独自谈论她。或者和别人讨论她。

——安妮宝贝

中法两国文化相契的地方比较多,可以说杜拉斯和罗兰·巴特是其中的通道。

——孙甘露

她是一个活泼、勇敢、有激情的女人。

——弗朗索瓦·密特朗

她将作家置于顶尖位置,这真让人迷惑不解。超出、超越一切,达到王的地位。我们总会想起:君王一般的作家。

——让-皮埃尔·瑟东

在她的写作中，有一种来自里边的源泉，从肺腑最里面涌上来，一种来自特尔斐神殿的天籁之泉。她的写作迷住我，占有我。对我来说这就是诗意。玛格丽特本人就是诗意。

——埃德加·莫兰

一种极为自信的本能引导玛格丽特走向美丽与才能。杜拉斯永远是个谜。

——米榭勒·芒梭

在杜拉斯之后写作，就像我们还能写作似的。

——约昂·法尔贝

杜拉斯创作年表

《厚颜无耻的人》，1943 年，小说，布隆出版社。
《平静的生活》，1944 年，小说，伽利玛出版社。
《抵挡太平洋的堤坝》，1950 年，小说，伽利玛出版社。
《直布罗陀的水手》，1952 年，小说，伽利玛出版社。
《塔吉尼亚的小马》，1953 年，小说，伽利玛出版社。
《林中的日日夜夜》，1954 年，短篇小说集，伽利玛出版社。
《街心花园》，1955 年，小说，伽利玛出版社。
《琴声如诉》，1958 年，小说，子夜出版社。

《塞纳-瓦兹的高架桥》，1959年，剧本，伽利玛出版社。

《夏夜十点半》，1960年，小说，伽利玛出版社。

《广岛之恋》，1960年，电影剧本，伽利玛出版社。

《长别离》，1961年，电影剧本，与热拉尔·雅尔洛合作，伽利玛出版社。

《昂代斯玛先生的午后》，1962年，短篇小说，伽利玛出版社。

《劳儿之劫》，1964年，小说，伽利玛出版社。

《剧本集·卷一》，1965年，剧本，伽利玛出版社。

《副领事》，1965年，小说，伽利玛出版社。

《音乐》，1966年，电影剧本。

《英国情人》，1967年，小说，伽利玛出版社。

《剧本集·卷二》，1968年，剧本，伽利玛出版社。

《毁灭吧，她说》，1969年，小说，子夜出版社。

《阿邦 萨芭娜 大卫》，1970年，小说，伽利玛出版社。

《爱》，1971年，小说，伽利玛出版社。

《黄色太阳》，1971年，电影剧本。

《印度之歌》，1973年，剧本，伽利玛出版社。

《恒河女子》，1973年，电影剧本。

《娜塔丽·格朗热》，1973年，电影剧本，伽利玛出版社。

《话说的女人》，1974年，与克萨维耶尔·高提埃的访谈录，子夜出版社。

《玛格丽特·杜拉斯》，1975年，与J.拉康、M.布朗肖合著，信天翁出版社。

《巴克斯泰尔,薇拉·巴克斯泰尔》,1976年,电影剧本。

《在荒芜的加尔各答她名叫威尼斯》,1976年,电影剧本。

《树上的岁月》,1976年,电影剧本。

《卡车》,1977年,电影剧本,子夜出版社。

《玛格丽特·杜拉斯的领地》,1977年,散文,与米歇尔·波尔特合作,子夜出版社。

《伊甸影院》,1977年,小说,法兰西信使出版社。

《黑夜号轮船》,1978年,电影剧本。

《塞扎蕾》,1979年,电影剧本。

《墨尔本奥蕾里娅·斯坦纳》,1979年,电影剧本。

《温哥华奥蕾里娅·斯坦纳》,1979年,电影剧本。

《薇拉·巴克斯泰尔或大西洋海滩》,1980年,信天翁出版社。

《坐在走廊上的男人》,1980年,短篇小说,子夜出版社。

《八〇年夏》,1980年,小说,子夜出版社。

《绿眼睛》,1980年,电影手册。

《阿嘉塔》,1981年,小说,子夜出版社。

《外面的世界》,1981年,散文,阿尔班·米歇尔出版社。

《大西洋人》,1981年,电影剧本。

《罗马对话》,1982年,电影剧本。

《大西洋人》,1982年,短篇小说,子夜出版社。

《萨瓦纳海湾》,1982年,小说,子夜出版社。

《死亡的疾病》,1982年,小说,子夜出版社。

《剧本集·卷三》,1984年,剧本,伽利玛出版社。

《情人》,1984年,小说,子夜出版社。

《痛苦》,1985年,P.O.L 出版社。

《第二场音乐》,1985年,小说,伽利玛出版社。

《契诃夫的海鸥》,1985年,小说,伽利玛出版社。

《孩子们》,1985年,电影剧本。

《乌发碧眼》,1986年,小说,子夜出版社。

《诺曼底海滨的妓女》,1986年,小说,子夜出版社。

《物质生活》,1987年,散文,P.O.L 出版社。

《艾米莉·L.》,1987年,小说,子夜出版社。

《夏雨》,1990年,小说,P.O.L 出版社。

《来自中国北方的情人》,1991年,小说,子夜出版社。

《扬·安德烈亚·斯泰奈》,1992年,小说,P.O.L 出版社。

《写作》,1993年,散文,伽利玛出版社。

《外面的世界·二》,1993年,散文,P.O.L 出版社。

《这就是一切》,1995年,散文,P.O.L 出版社。

《小说、电影、剧本集,回顾 1943—1993》,1997年,伽利玛出版社。

参考资料

《中国的小脚》,玛格丽特·杜拉斯文章,黄荭译。

《情人》,玛格丽特·杜拉斯著,王道乾译,上海译文出版社。

《物质生活》,玛格丽特·杜拉斯著,王道乾译,上海译文出版社。

《扬·安德烈亚·斯泰奈》,玛格丽特·杜拉斯著,王文融译,上海译文出版社。

《来自中国北方的情人》,玛格丽特·杜拉斯著,周国强译,春风文艺出版社。

《平静的生活》,玛格丽特·杜拉斯著,王文融译,上海译文出版社。

《琴声如诉》,玛格丽特·杜拉斯著,王道乾译,上海译文出版社。

《情人杜拉斯》,扬·安德烈亚著,胡小跃译,作家出版社。

《女友杜拉斯》,米榭勒·芒梭著,胡小跃译,作家出版社。

《八〇年夏》,玛格丽特·杜拉斯著,桂裕芳译,上海译文出版社。

《写作》,玛格丽特·杜拉斯著,桂裕芳译,上海译文出版社。

《抵挡太平洋的堤坝》,玛格丽特·杜拉斯著,谭立德译,上海译文出版社。

《解读杜拉斯》,贝尔纳·阿拉泽、克里斯蒂安娜·布洛-

拉巴雷尔等著,黄荭主译,作家出版社。

《这就是杜拉斯(1914—1945)》,让·瓦里尔著,户思社、王长明、黄传根译,作家出版社。

《玛格丽特·杜拉斯:真相与传奇》,维尔贡德莱著,胡小跃译,作家出版社。